... . COMIQUES

... AUX GRISETTES

COMÉDIE-VAUDEVILLE EN TROIS ACTES

PAR M. DELACOUR

.... à Paris, sur le théâtre des DÉLASSEMENTS-COMIQUES,
le ... février 1849.

Prix : 60 centimes.

PARIS

BECK, LIBRAIRE

RUE CIT-LA-CROIX, 12
...... de L.N. ......, Palais-National.

1849

CE QUI MANQUE AUX GRISETTES

COMÉDIE-VAUDEVILLE EN TROIS ACTES,

PAR M. DELACOUR, Jules

Représentée pour la première fois, à Paris, sur le théâtre des DÉLASSEMENTS-COMIQUES, le 17 Février 1849.

PERSONNAGES.		ACTEURS.
PAUL DE RENNEVILLE,		MM. Eugène Bondois.
GERBAUT,		Leriche.
HENRI,	étudiants	Taxile.
OSCAR,		Félicien.
DELPHINE,		Mmes Mathilde.
HÉLOISE,	grisettes	Alphonsine.
FOEDORA,		Cécile.
ROSINE, femme de chambre		Amélie.
TROIS ETUDIANTS		
TROIS GRISETTES		

S'adresser pour la musique à M. Kriesel, chef d'orchestre du Théâtre.

Nota. Les indications sont prises de la salle.

ACTE PREMIER.

Antichambre d'hôtel garni. — Porte au fond. — Buffet, au fond, à gauche; table, à droite, au fond. — Portes latérales à droite et à gauche; table, à droite. — A l'avant-scène, trois chaises ; un cornet à piston est accroché au mur.

SCENE PREMIERE.
PAUL, HENRI, OSCAR, GERBAUT.

PAUL.

(Paul est assis devant la table. Henri et Oscar sont debout derrière lui et suivent un calcul. Gerbaut, à gauche, à cheval sur une chaise, fume.)
Onze et trois font quatorze.

HENRI.

Quatorze francs... ce n'est pas assez.

PAUL.

A peine de quoi payer l'eau-de-vie et les biscuits de Reims.

GERBAUT.

Et j'en prévois une belle consommation de biscuits de Reims. (A Oscar.) Surtout si ton Héloïse est de la partie.

OSCAR.

Certainement, qu'elle en sera.

PAUL.

Nous l'espérons bien... Héloïse, l'âme de toutes nos fêtes... Voyons, Gerbaut, tu n'as réellement pas la moindre pièce de cent sous ?

GERBAUT.

Pas la centième partie d'une.

PAUL.

Trouve alors quelque expédient pour suppléer à notre manque de fonds. Il est sept heures et demie... nos invitations sont pour huit heures, nous n'avons pas de temps à perdre. (Il se lève.)

GERBAUT.

Oh! une idée!

HENRI.

Voyons !

GERBAUT.

Vous voulez donner une soirée, et vous n'avez pas d'argent pour payer les rafraîchissements... supprimez-les.

TOUS.

Oh!

GERBAUT.

Donnez une soirée à l'eau sucrée et à la fleur d'orange.

PAUL.

Allons donc !... tu es absurde... c'est du champagne, du punch qu'il nous faut... du punch surtout.

Air de la Girouette.

Lorsque sa vapeur enivrante
S'empare de notre cerveau,
Tout nous séduit et nous enchante :
Maîtresse, amis, tout paraît beau.

Oscar, Gerbaut, Paul, Henri.

663

Jamais le chagrin ne séjourne   } bis.
Quand le punch est gaiement fêté... }

ENSEMBLE.

Jamais le chagrin, etc.

PAUL, *seul.*

Et grâce à lui, tout tourne, tourne,
Mes amis, tout tourne en gaieté... }

ENSEMBLE.

Et grâce à lui, etc.

OSCAR.

Paul a raison.

GERBAUT.

Alors, puisqu'il vous faut absolument de l'argent, je ne vois plus qu'un moyen de nous en procurer.

PAUL.

Lequel ?

GERBAUT.

C'est d'en emprunter à cet obligeant ami qui ne nous en refuse jamais.

HENRI.

Et qu'on nomme le Mont-de-Piété. D'abord, c'est impossible... Il ne reste plus à chacun de nous que le vêtement qui le couvre... et puis je rougis...

PAUL.

Des scrupules ! bah ! ce sera la dernière fois... j'adopte l'idée de Gerbaut.

OSCAR.

Moi aussi.

HENRI.

Puisque vous le voulez, je me soumettrai, mais à une condition, c'est que le sort désignera celui de nous qui se sacrifiera.

GERBAUT.

Adopté.

PAUL.

Je le veux bien.

OSCAR.

Soit.

HENRI, *à la table.*

J'inscris nos quatre noms, préparez un chapeau.

GERBAUT, *allant chercher le chapeau sur le buffet.*

Voilà !... chapeau de soie imitant le castor... à l'abri...

OSCAR, *lui frappant dessus.*

Des renfoncements.

GERBAUT, *regardant son chapeau aplati.*

Que c'est plat !

HENRI *.

Voici les noms. (*Il met les papiers dans le chapeau.*)

GERBAUT.

Quelle est l'innocente main ?

PAUL.

Qu'importe ? toi, si tu veux.

* Oscar, Gerbaut, Henri, Paul.

GERBAUT.

Bandez-moi les yeux.

OSCAR.

C'est inutile, dépêche-toi.

GERBAUT.

Je plonge. (*Remuant sa main dans le chapeau.*) Réduits à cette extrémité. (*Montrant Oscar,*) Un docteur en herbe. (*A Henri.*) Un futur notaire. (*A Paul.*) Un millionnaire en perspective.

PAUL.

Va donc.

GERBAUT.

Car tu le seras un jour, millionnaire... Je le tiens. (*Regardant le papier sans l'ouvrir.*) Malheureuse victime ! (*Ouvrant le billet.*) Je m'en doutais.

PAUL, *lisant*.

Gerbaut ! (*Ils rient.*) N'insultons pas au malheur.

GERBAUT, *enfonçant son chapeau sur ses yeux.*

Fortune ! voilà de tes coups. (*A Henri.*) Prête-moi ton vieux manteau pour cacher ma nudité. (*Henri va chercher le manteau qui est suspendu à un clou au-dessus de la table de droite et le lui place sur les épaules. A Oscar.*) Donne-moi le cabas. (*Oscar va le prendre au-dessus du buffet.*)

PAUL.

Tu rapporteras les provisions à ton retour... Quatre bouteilles d'eau-de-vie, des citrons, du sucre, de la bougie, etc. Voici les quatorze francs cinquante centimes. Tu y joindras ton emprunt.

ENSEMBLE.

Air de *Lucrèce Borgia.*

GERBAUT.

Comptez sur ma diligence ;
Bientôt j'accours auprès de vous.
Et faisant joyeuse bombance,
Du sort nous oublirons les coups.

OSCAR, HENRI, PAUL.

Nous comptons sur ta diligence ;
Bientôt reviens auprès de nous,
Et faisant joyeuse bombance,
Du sort nous oublirons les coups.

(*Gerbaut sort par le fond.*)

SCÈNE II.

HENRI, OSCAR, PAUL.

OSCAR.

Ah ça ! quelle idée te prend de vouloir absolument organiser une soirée à la fin d'un mois ?

HENRI.

Au moment où toutes les bourses sont vides.

PAUL.

Gerbaut ne vous l'a donc pas dit... c'est que j'ai le bonheur de recevoir pour la première fois une jeune fille charmante et dont je suis amoureux.

* Oscar, Gerbaut, Paul, Henri.

OSCAR.

Pourquoi ne pas mieux choisir ton jour?

PAUL.

Parce que Delphine n'est pas libre. Ce n'est même qu'avec beaucoup de peine qu'elle a pu, sous prétexte de passer la soirée avec quelques-unes de ses amies, obtenir de sa mère la permission de s'absenter aujourd'hui.

HENRI, *ironiquement.*

Oh! il y a une mère... et que fait la mère de Mademoiselle Delphine?

PAUL.

Vous allez vous moquer de moi... elle est portière.

HENRI ET OSCAR.

Portière!

PAUL.

Oui, Messieurs, portière... mais je vous prie de croire qu'elle ne l'a pas toujours été... et sans des malheurs...

HENRI.

Règle générale, les portières ont toujours eu des malheurs.

OSCAR.

Toujours.

PAUL.

Vous plaisantez, mais rien n'est plus sérieux... La mère de Delphine était, il y a quelques années encore, gouvernante chez une riche baronne, qui lui laissa en mourant, une soixantaine de mille francs.

OSCAR.

Tiens, mais c'était une assez jolie dot pour sa fille.

PAUL.

Oui. Malheureusement ces soixante mille francs lui furent contestés par les héritiers de la baronne, un procès s'ensuivit.

HENRI.

Et elle le perdit?

PAUL.

Non... Car ce procès n'est pas encore terminé, bien qu'il dure depuis plusieurs années. Mais les frais épuisèrent les ressources de cette pauvre femme, elle travailla... Bientôt son travail ne suffit plus à la nourrir elle et sa fille... bref, un jour...

HENRI.

Elle se fit portière. Tu crois cette histoire-là... toi?

PAUL.

J'y crois d'autant plus que j'ai en main toutes les pièces du procès, et que mon intention est de les porter dès demain à M. Duval, le patron de Gerbaut, afin de le prier de poursuivre l'affaire.

HENRI.

Ah! c'est différent!

OSCAR.

Mais tu ne nous as pas dit comment tu avais connu Mademoiselle Delphine.

PAUL.

J'allais dans la maison qu'elle habite, sa gentillesse, son air d'innocence me plurent d'abord... Plus tard je sentis naître en moi un amour tout différent de celui que m'avaient inspiré les autres femmes. Je l'aimai comme il me semble qu'on doit aimer une sœur... Sa froideur, son affectation à ne jamais lever les yeux devant moi, me désespéraient. Un jour, pourtant, j'osai lui parler de mon amour... jugez de mon bonheur, lorsqu'au milieu d'un trouble qu'elle cherchait vainement à déguiser, je l'entendis m'avouer qu'elle m'aimait aussi. Depuis, il ne me fut permis que très rarement de l'entretenir seule, sa mère est toujours près d'elle, aujourd'hui, pourtant, elle m'a promis de venir passer la soirée avec nous, Héloïse et Fœdora qui la connaissent, l'amèneront.

OSCAR.

Bravo!.. décidément le cœur est pris... Une conquête sentimentale.

HENRI.

Un amour platonique. Ça te changera pour quelques jours.

PAUL.

Quelques jours... Oh! j'aimerai Delphine toute ma vie. Je le jure!

HENRI.

Air : *Suzon sortait.*

Vraiment je ris de ton langage
Et de tes serments amoureux;
Lorsque pour la vie on s'engage
On est fidèle un mois ou deux.
    Chacun oublie
    Femme jolie
Qu'il a juré d'adorer pour toujours;
    Chacun délaisse
    Une maîtresse
Dont il faisait ses uniques amours;
Bref, tu sauras que de ma vie
Jamais je ne crus qu'un serment,
Car je considère un amant
Comme atteint de folie.

OSCAR.

Je suis de l'avis d'Henri. J'ai fait bien des serments... et...

PAUL.

Je le conçois, avec des femmes qui vous trompent elles-mêmes... des cœurs de rocher.

HENRI.

Comment?.. des cœurs de rocher... As-tu connu rien de plus ardent, de plus passionné que ma Fœdora.

OSCAR.

Et que mon Héloïse... Une femme qui m'arracherait les yeux au moindre soupçon de jalousie.

(*Dans la coulisse, l'air du Tra... la la.*) Tiens, j'entends sa voix.

PAUL.

C'est le cas de dire : quand on parle du loup...

SCÈNE III.

LES PRÉCÉDENTS, HÉLOÏSE, FŒDORA, DELPHINE.

HÉLOÏSE, *entrant en chantant.*

> Dans la gendarmerie
> Quand un gendarme rit...
> Tous les gendarmes rient
> Dans la gendarmerie.

Bonjour Messieurs ; entre donc, Delphine... Tiens, vous recevez et votre escalier n'est pas encore éclairé. (*A Oscar.*) Bonjour, mon gros.

FŒDORA, *remontant un peu* *.

Votre salle de bal n'est pas décorée...

OSCAR.

Il n'est pas tard. (*A Henri, en regardant Delphine que Paul a été prendre par la main.*) Elle est fort bien.

HENRI.

Charmante...

PAUL.

Messieurs, je vous présente Mademoiselle Delphine, qui a bien voulu consentir à venir embellir notre soirée de sa présence...

OSCAR ET HENRI, *saluant.*

Mademoiselle !

PAUL, *à Delphine, en désignant Oscar et Henri.*

Monsieur Oscar Jolibois; Monsieur Henri d'Arteuil, mes meilleurs amis.

DELPHINE.

Oh ! je connais déjà ces messieurs par les éloges que m'en ont fait Héloïse et Fœdora. (*Echange de saluts.*)

OSCAR, *à Henri.*

Délicieuse !

HENRI, *à Oscar.*

Ravissante !

HÉLOÏSE.

Où donc est M. Gerbaut ?.. Je ne le vois pas.

PAUL.

Il est sorti pour les rafraîchissements.

HÉLOÏSE.

Je l'aime beaucoup, il m'amuse... il fait la cour à toutes les femmes.

OSCAR.

C'est tout simple, il n'a pas de maîtresse.

HÉLOÏSE.

Tiens, c'est vrai, je l'ai toujours connu veuf.

FŒDORA.

Quelle heure est-il donc?.. Personne n'arrive.

* Henri, Fœdora, Oscar, Héloïse, Delphine, Paul.

HENRI.

Huit heures à peine.

HÉLOÏSE.

Moi, qui pressais tant cette pauvre Delphine... Je croyais qu'elle n'en finirait pas avec sa toilette.

DELPHINE.

Oh ! j'étais prête la première.

FŒDORA.

Allons-nous polker ce soir...

HÉLOÏSE.

Et mazourker... Oh Dieu !.. la mazourka, je la danserais sur la tête.

OSCAR.

Héloïse !..

HÉLOÏSE.

Avec un pantalon...

PAUL.

Et pour que vous soyez plus à l'aise, nous allons débarrasser la chambre d'Oscar et la mienne.

HENRI ET OSCAR.

C'est ça.

HÉLOÏSE.

Allez et dépêchez-vous. Je sens déjà que ça me travaille dans les *guiboles.*

> Air de la *Monaco.*
> Revenez bientôt,
> Que notre bal commence ;
> Revenez bientôt
> Qu'on danse
> Comme il faut.
> L'air que je chante
> Est rococo,
> C'est la monaco
> Danse, dit-on, charmante,
> Dont nos papas
> Jadis firent grand cas,
> Mais la polka
> Vous enfonce tout ça.

REPRISE. ENSEMBLE.

HÉLOÏSA, FŒDORA, DELPHINE.

> Revenez bientôt, etc.

PAUL, HENRI, OSCAR.

> Revenons bientôt
> Pour que le bal commence ;
> Revenons bientôt,
> Qu'on danse
> Comme il faut.

(*Ils entrent, à gauche, en dansant la monaco.*)

SCÈNE IV.

HÉLOÏSE, DELPHINE, FŒDORA.

FŒDORA.

Comme ils sont gais et sans façons. (*A Delphine.*) Tu verras...

DELPHINE.

Surtout n'oublions pas la recommandation de maman, il faut qu'à onze heures je sois rentrée, sans cela...

FŒDORA.

Ah! c'est qu'elle ne plaisante pas la brave femme, elle est sévère.

DELPHINE.

Ce qui ne l'empêche pas de m'aimer beaucoup. Mais elle a raison, la réputation d'une jeune fille, à Paris surtout... ça tient à si peu de chose.

FŒDORA, *soupirant.*

Oh! oui.

HÉLOÏSE, *même jeu.*

Oh! oui.

DELPHINE.

Et il me semble que j'ai eu tort de suivre vos conseils, de venir ici.

HÉLOÏSE.

Allons donc... est-ce qu'on fait du mal parce qu'on vient polker rue Saint-Jacques... Faut bien s'amuser un peu en carnaval, d'ailleurs ta mère ne le saura pas, je lui ai dit que nous allions poser des sangsues à ma tante.

FŒDORA.

Et ça a pris?

HÉLOÏSE.

Les sangsues... parfaitement.

DELPHINE.

Tant mieux !.. car il ne faudrait pas que ma mère se *doutasse !..*

HÉLOÏSE.

Doutasse !..

DELPHINE.

Eh bien ! oui, *doutasse !..*

HÉLOÏSE.

Oh! ce mot !

DELPHINE.

Dis donc, est-ce que tu vas m'ennuyer toute la soirée à me reprendre comme ça? tu ne parles pas déjà si bien.

HÉLOÏSE.

Je parle toujours mieux que vous, Mademoiselle, j'ai reçu de l'éducation, moi... Je ne suis pas la fille d'une portière !

DELPHINE.

Ne dirait-on pas que sa mère est princesse.

HÉLOÏSE.

Ma mère est attachée à l'Opéra-Comique, elle est artiste...

DELPHINE.

Oui, artiste... ouvreuse de loges !

HÉLOÏSE.

Oh!

FŒDORA *.

Eh bien! eh bien!.. Voyons, faites la paix, et ne songeons qu'à nous divertir.

DELPHINE.

Fœdora a raison, c'est bête de se disputer.

HÉLOÏSE **.

Au fait, nous sommes ici pour nous amuser,

* Héloïse, Fœdora, Delphine.
** Fœdora, Héloïse, Delphine.

amusons-nous... Oh ! rien ne vaut un bal au quartier Latin ! Ma foi, vive l'étudiant !

Air de l'*Ambassadrice.*

Quoiqu'à Paris chacun le traite
De vil et mauvais garnement,
Moi, je soutiens et je répète,
Que son caractère est charmant.
Sans changer d'humeur,
Quoique sans argent,
Il sait du bonheur
Jouir constamment.
Toujours au plaisir
On le voit courir
Et, fidèle amant,
Aimer tendrement.
Il parle d'amour,
Il vous fait la cour,
Et dans moins d'un jour,
Fait votre conquête ;
Son ton séduisant
Vous tourne la tête
Moi-même, j'en fus victime souvent.
Cependant je hais
Les mauvais sujets ,
Et je le promets,
J' n'en connus jamais.

SCENE V.

LES MÊMES, GERBAUT, *puis* PAUL, HENRI, OSCAR.

GERBAUT.

Brrr... neuf degrés au dessous de zéro. (*Il court sur la scène comme une personne qui a froid.*)

FŒDORA.

Tiens, M. Gerbaut.

HÉLOÏSE.

Bonsoir, Monsieur Gerbaut.

GERBAUT.

Brrr. (*Courant toujours et se trouvant en face de Delphine.*) Oh! Mademoiselle! (*Il la salue. A part.*) Bigre! (*Haut*) Bonsoir, bonsoir. Voyons, filles des amours, débarrassons papa. (*Fœdora et Héloïse entr'ouvrent son manteau ; il est sans habit et tient d'une main un cabas, de l'autre une bouteille, des bougies, etc.*)

HÉLOÏSE *.

Tiens, vous avez donc trop chaud ?

GERBAUT.

Je gèle.

FŒDORA.

Et votre habit... vous l'avez mis au clou ?

GERBAUT.

Au clou ?

HÉLOÏSE.

Oui, en plan.

GERBAUT.

Ah! chez ma tante. (*A part.*) Quel nez ! (*Haut.*)

* Delphine, Héloïse, Gerbaut, Fœdora.

Fi donc! jamais... je l'ai... je vous raconterai ça une autre fois.

FOEDORA.

Non, tout de suite.

HÉLOÏSE.

Nous demandons l'histoire de l'habit, n'est-ce pas, Delphine?

DELPHINE.

Oui, l'histoire de l'habit.

GERBAUT, *très gracieusement.*

Je me rends. Voici l'histoire demandée. (*A part.*) Que vais-je leur dire? (*Haut.*) A peine nous sortions des portes... de cet hôtel, mon habit et moi, que nous rencontrons mon tailleur. Ah! fais-je. — Qu'est-ce? dit-il. — C'est le ciel qui vous envoie, réponds-je. Allons acheter un kilo de bougies, quatre bouteilles d'eau-de-vie, douze douzaines de biscuits de Reims, quatre citrons, trois sous de cannelle, un clou de girofle, et nous rentrons chez moi, où je vous livre mon habit, qui réclame vos soins. — Impossible! dit-il. — Pourquoi? dis-je. — Je suis pressé, dit-il. — Eh bien! voilà, dis-je. Je quitte mon habit, je le lui donne, et je vais faire mes achats dans ce modeste négligé.

TOUTES.

Ah! ah! ah!

GERBAUT.

Mais je gèle... un burnous... un cachemire... un tartan... n'importe. (*A Paul, qui rentre avec Oscar et Henri.*) Ah! ta veste, je meurs de froid.

PAUL.

Débarrassez-le donc. (*Elles le débarrassent.*)

HÉLOÏSE, *qui a pris le cabas* *.

Des biscuits de Reims... toujours la même chose, c'est ennuyeux.

GERBAUT, *mettant une veste qu'Oscar lui a prêtée.*

Rien ne gâte l'estomac comme la diversité des aliments, c'est Hippocrate qui l'a dit.

HÉLOÏSE.

Votre Hippocrite est un radoteur.

FOEDORA.

Que quatre bouteilles d'eau-de-vie, oh!

DELPHINE.

On fera du punch! quel bonheur!

PAUL.

Vous l'aimez?

DELPHINE.

Je n'en ai bu qu'une fois, et encore c'était du bichoff; mais je crois que l'aimerai.

GERBAUT, *à part.*

Bravo! ça promet.

HÉLOÏSE.

Tu verras... après la polka, rien ne rafraîchit comme un verre de punch... bouillant. (*A Gerbaut.*) N'y mettez pas d'eau, comme l'autre jour... je le trouve assez fort sans ça.

* Delphine, Paul, Héloïse, Gerbaut, Fœdora, Henri, Oscar, au fond, au buffet.

GERBAUT.

On s'y conformera (*Bas à Héloïse.*) J'ai deux mots à vous dire.

HÉLOÏSE, *bas à Gerbaut.*

Où?

GERBAUT, *bas à Héloïse.*

Ici, quand je préparerai le punch.

HÉLOÏSE, *bas à Gerbaut.*

J'y serai.

GERBAUT, *à part.*

J'en étais sûr.

OSCAR, *revenant en scène.*

Nos invités vont arriver, si nous disposions la salle de bal?

PAUL.

Pendant ce temps, ces dames iront dans la chambre à côté, donner un dernier coup d'œil à leur toilette.

HÉLOÏSE.

Adopté. Viens-tu, Delphine?

ENSEMBLE.

Air des *Mousquetaires* (En partant pour la guerre.)

Qu'en ces lieux tout s'apprête
Pour la salle du bal;
Et bientôt de la fête,
Donnez-nous le signal.

(*Elles entrent à gauche.*)

SCÈNE VI.

GERBAUT, PAUL, HENRI, OSCAR *.

PAUL.

Maintenant, mes amis, que chacun s'occupe de sa partie. Oscar, je te charge du luminaire.

OSCAR.

Bien. (*Il va au buffet.*)

PAUL.

Toi, Henri, monte chez Raymond, ce petit gros qui demeure au sixième étage.

HENRI.

Ah! oui, l'étudiant en pharmacie.

PAUL.

Et prie-le de porter...

GERBAUT.

Son instrument! (*Ils rient.*)

HENRI, *étonné.*

Sa clarinette... à piston.

PAUL.

Non, son violon, pour nous faire danser.

HENRI.

J'y cours. (*Il sort.*)

PAUL.

Toi, Gerbaut, tu n'aimes pas la danse, je te confie la garde des manteaux et des parapluies.

GERBAUT.

Oh!

* Oscar, Gerbaut, Paul, Henri.

PAUL.

Et le service des rafraîchissements.

GERBAUT.

Ah!

PAUL.

Quant à moi, je me charge de la police intérieure.

GERBAUT.

Bravo! tu préviendras les disputes, tu surveilleras les quadrilles... Que la plus grande décence y soit toujours observée.

Air: *On dit que je suis sans maître.*

Sur ce point montre-toi sévère,
Condamne la Robert-Macaire,
Et dans le plus fougueux élan,
N'autorise que le cancan.
Sois à cheval sur la consigne ;
Prends surtout un air noble et digne,
Bref, que ton rôle principal,
Soit celui du municipal.

PAUL.

Sois tranquille... chacun a son affaire. (*Paul écrit sur la table au fond. Gerbaut, à la table sur l'avant-scène, ouvre les paquets de biscuits de Reims, débouche les bouteilles, etc. Oscar, au fond, arrange sur le buffet des bouteilles dans le goulot desquelles il place des bougies.*)

OSCAR, *au fond, sans se retourner.*

Dis donc, Gerbaut?

GERBAUT.

Quoi?

OSCAR.

Tâche donc de ne pas faire la cour à Héloïse... tu es toujours après elle... ça m'embête...

GERBAUT.

Moi, la cour à ton Héloïse... avec ça que j'y songe... tu sais bien que je ne veux pas de maîtresse.

OSCAR.

Tu ne veux pas... tu ne veux pas...

GERBAUT.

Non, je ne veux pas.

PAUL.

C'est-à-dire que tu ne peux pas en avoir.

GERBAUT.

Bah! et la raison, s'il vous plaît?

PAUL.

Ma foi... je n'en sais rien... mais enfin depuis quatre ans que nous sommes arrivés à Paris, tu es encore,...

GERBAUT.

Qu'est-ce que je suis?

PAUL.

Comme le premier jour...

GERBAUT.

Eh bien! quoi... si c'est mon idée... je veux apporter à la femme que j'épouserai tout ce que le Ciel m'a départi d'innocence et de candeur... ce sera ma dot.

OSCAR.

Soit, En attendant, rappelle-toi ce que je t'ai dit au sujet d'Héloïse.

GERBAUT.

Ne crains rien... on te la laissera, ton Héloïse. (*A part.*) Si je peux te la souffler.

PAUL, *qui a écrit pendant ce dialogue.*

Là! voilà qui est terminé...

OSCAR, *qui a allumé deux bougies sur chaque buffet.*

Regardez...

GERBAUT.

C'est royal!... (*En dehors.*) Ah! ah! ah!

OSCAR.

J'entends nos invités... le violon en tête.

SCÈNE VII.

LES PRÉCÉDENTS, HENRI, FŒDORA, DELPHINE, HÉLOÏSE, INVITÉS.

ENSEMBLE.

Air du *Quadrille espagnol.*

Accourons tous! qu' la fête soit belle!
Qu' sa ritournelle,
Qui nous appelle,
Trouv' chacun de nous ici fidèle
Sachons saisir le vrai plaisir.

PAUL, OSCAR ET GERBAUT.

Bonjour, les amis, bonjour... (*Ils échangent des poignées de main.*)

GERBAUT, *prenant les manteaux et les chapeaux des invités. A un invité qui tient un violon.*

Tiens, voilà Raymond!... Bonjour, apothicaire.

L'INVITÉ.

Pharmacien.

GERBAUT.

C'est ce que je dis... apothicaire... (*Enfonçant le chapeau sur les yeux d'un autre invité.*) Ça va bien, Petit-bois... pas mal, merci...

UNE INVITÉE, *lui remettant un pardessus.*

Je vous le recommande...

GERBAUT.

Soyez tranquille... (*Il roule tous les effets qu'on lui a remis, et les jette dans la chambre à droite.*)

TOUS, *se récriant.*

Oh!...

GERBAUT.

J'y veillerai...

OSCAR.

Si nous commencions par quelques jeux de société...

FŒDORA.

Colin-Maillard.

DELPHINE.

Ou les jeux innocents.

HÉLOÏSE.

Ah bah !... dansons.

TOUS.

Oui... oui... dansons.

CHŒUR ET DANSE.

Air de *Roger Bontemps*.

A la folie
Qu'on se rallie,
Quand le violon nous donne le signal
Pour que la fête
Soit bien complète
Sans plus tarder ouvrons ici le bal.

PAUL, *tenant deux écriteaux à la main.*

Un instant. .

HÉLOÏSE.

Qu'est-ce ?

PAUL, *chantant.*

Ah ! permettez, mes amis, il m'en coûte,
Mais avant tout je dois vous avertir,
La femme a droit à des égards, sans doute,
A mes décrets veuillez donc obéir.
Moi, par principe,
J'aime la pipe,
Mais le beau sexe en est scandalisé;
Quoiqu'à la mode,
Elle incommode,
Et le cigare est seul autorisé.

TOUS.

Bravo..

PAUL.

A gauche. . (*Il remet à Gerbaut un carton sur
lequel est écrit en grosses lettres : Le cigare seul
est autorisé, et qu'il va suspendre au-dessus du
buffet de gauche.*)

REPRISE DU CHŒUR ET DE LA DANSE.

A la folie, etc.

PAUL.

Autre chose...

FŒDORA.

Encore !

PAUL, *chantant.*

Vous le voyez, point de sergent-de-ville
Dont le poignet vous traite en ennemi,
Et nous n'avons dans ce joyeux asile,
D'autre violon que celui d'un ami.
Point de scandale !
Que la morale
Dans notre bal trouve en vous un appui,
Et pour qu'on danse
Avec décence,
Le cancan seul est permis aujourd'hui.

TOUS.

Bravo...

PAUL.

A droite. (*Il remet à Gerbaut, un écriteau sur
lequel on lit : Le cancan seul est permis, et qu'il
va suspendre au-dessus du buffet à droite.*)

(*Reprise du chœur et de la danse, tout le monde
sort en dansant par la gauche.*)

SCENE VIII.

GERBAUT.

Préparons le punch... Ah ! décidément, Oscar
est jaloux de son Héloïse... Voilà une femme à
laquelle je sacrifierais bien cette candeur et cette
innocence dont je n'ai pu trouver encore le pla-
cement... Ah ! je donnerais ma vie tout entière
pour passer le reste de mes jours avec elle... Alors,
du moins, je pourrais chanter :

Air : *Connaissez-vous dans Barcelonne.*

(*Il chante en faisant le punch.*)

Connaissez-vous à la Chaumière,
Mon Héloïse à l'œil fripon,
(*Versant l'eau-de-vie.*)
Versons-y la bouteille entière...
De longs cils couvrent sa paupière,
Avec du sucre et du citron.
J'ai perdu bien des cours pour elle !
J'ai manqué plus d'un examen,
Que de fois j'ai fait sentinelle...
Ajoutons un peu de cannelle.
Aux portes de son magasin.
C'est pour moi, pour moi seul, au monde
Qu'étincelle son œil brillant
A moi seul, cette jambe ronde
Qui de volupté vous inonde...
Un clou de géroflc à présent.

Tout y est... allumons-le... (*Il enflamme le
punch.*)

SCENE IX.

HÉLOISE, GERBAUT.

HÉLOÏSE.

C'est pas encore fini... ce punch-là.

GERBAUT.

Seriez-vous déjà altérée?

HÉLOÏSE.

Ça commence à pas mal faire... Je suis très sè-
che... et puis ça ne va pas bien aujourd'hui... Ce
matin j'ai eu des crampes...

GERBAUT.

Aux mollets.

HÉLOÏSE.

Non... d'estomac...

GERBAUT.

Oh ! c'est bien douloureux... Et vous n'avez
rien pris pour ça.

HÉLOÏSE.

J'ai pris une tranche de gigot... et du boudin
blanc.

GERBAUT.

Dites donc, Oscar ne s'apercevra-t-il pas de
votre absence?

HÉLOÏSE.

Oscar... Ah bien ! oui... Fœdora et moi pou-
vons bien tomber dans le feu aujourd'hui que ces

Messieurs ne feront pas attention à nous... Ils ne pensent qu'à Delphine... On se la dispute... on se l'arrache... Tiens, mais c'est étonnant que vous ne lui fassiez pas la cour, vous qui la faites à toutes les femmes...

GERBAUT.

Moi... ingrate... Vous savez bien que c'est pour vous seule que j'ai conservé jusqu'à ce jour cette innocence et cette candeur... Ah!... je cherche une femme que je puisse aimer... qui... raccommode mes chemises, repasse mes faux-cols... comprenne en un mot les besoin de mon cœur... Ah!... rien n'est doux...

HÉLOÏSE, *regardant un morceau de sucre qu'elle croque.*

Comme le sucre...

GERBAUT.

Non... comme d'être aimé d'une jolie petite femme...

HÉLOÏSE, *mangeant du citron.*

Oh! c'est sûr!

GERBAUT.

N'est-ce pas? Vous êtes de mon avis... Oh! Loïse!... Voyez ce bol de punch... c'est le portrait de mon cœur...

HÉLOÏSE.

Il a cette forme, votre cœur.

GERBAUT.

Non, il est en feu, et si vous vouliez...

HÉLOÏSE.

Pas moyen, j'aime Oscar.

GERBAUT.

Qu'est-ce que ça fait?

HÉLOÏSE.

Faudrait que j'aie un cœur en caoutchouc. En aimer deux à la fois, pas possible.

GERBAUT.

Air de *Madame Favart.*

Sur quoi vous fondez-vous, ma chère,
Pour faire un tel raisonnement.
Moi, je soutiens tout le contraire :
Ou doit avoir plus d'un amant.
L'amour est une loterie,
Or, je vous le dis sans façon,
Prenez deux numéros, ma mie,
Afin d'en avoir un de bon.

HÉLOÏSE.

C'est comme si vous chantiez.

GERBAUT.

Vous croyez donc que ça durera toujours l'amour d'Oscar ?

HÉLOÏSE.

Il me l'a juré.

GERBAUT.

Voilà ce qu'il deviendra un beau jour. (*Il souffle sur le punch et l'éteint.*) Éteint, bonsoir. Ah! le punch est terminé.

HÉLOÏSE.

Donnez-m'en un verre.

GERBAUT.

Tenez, grisette altérée et inaltérable, sans rancune. (*Il continue à verser le punch dans des verres.*)

HÉLOÏSE.

A votre santé.

SCÈNE X.
LES PRÉCÉDENTS, HENRI.

HENRI, *à Héloïse [*].*

Ah! j'étais certain de vous trouver du côté des pâtisseries. Vous me promettez et vous me plantez là.

HÉLOÏSE.

J'étais venu me rafraîchir. La polka, c'est comme la galette, ça étouffe.

HENRI.

On n'attend plus que vous... Ah! voilà la société.

CHŒUR.

A la folie, etc.

SCÈNE XI.
GERBAUT, puis Tous.

(*Le chœur commence dans la coulisse. Tout le monde entre en dansant, puis se précipite vers la table en criant :*
Du punch! du punch!

TOUS.

Ah! du punch ! du punch!

FOEDORA, *tombant sur une chaise.*

Ah ! j'en peux plus.

OSCAR.

J'ai les tibias endommagés.

DELPHINE.

La polka, ça vous coupe les jambes.

HENRI, *prenant un verre de punch.*

Et ça vous altère...

HÉLOÏSE, *lui prenant son verre [**].*

Ah! ne m'en parlez pas. (*Elle boit.*) As-tu goûté le punch, Delphine, il est excellent.

DELPHINE.

Certainement, il me fait même tout drôle... il m'endort.

HÉLOÏSE.

C'est que tu n'en as pas l'habitude; il m'éveille, au contraire.

FOEDORA.

C'est comme à moi, il me donne envie de danser...

HÉLOÏSE.

Ah ça ! est-ce que nous allons rester là, plantés comme des obélisques.

[*] Henri, Héloïse, Gerbaut.
[**] Fœdora, Oscar, Héloïse, Henri, Delphine, Paul, Gerbaut, *distribuant le punch.*

TOUS.

Non... non... dansons.

PAUL.

Un instant... reposez-vous un peu.

HÉLOÏSE.

Oui, mais en attendant, amusons-nous?

FOEDORA.

Qu'allons-nous faire ?

GERBAUT, venant au milieu de la scène.

Oh! une idée, quelque chose de bien amusant, je vais vous lire le *Constitutionnel*.

TOUS.

Oh! oh! non... non...

GERBAUT, ne pouvant réussir à les calmer.

Eh bien! non... non... je ne vous le lirai pas.

PAUL.

Héloïse va nous chanter sa chanson du *Tambour Major*.

TOUS.

Oui... oui... très bien.

HÉLOÏSE.

Volontiers, avec refrain obligé.

TOUS.

Oui... oui...

HÉLOÏSE, tenant à la main la cuillère à punch.

Attention : *Histoire d'un Tambour-Major qui a perdu sa femme.*

Air · *Drin, drin, drin.*

L' tambour-major d'un régiment de ligne
Perdit un jour sa femme au fond d'un bois,
Un houzard vient et Rose se résigne :
Tous deux s'en vont en chantant à plein' voix
Drin, drin, drin.

L' tambour-major qui chérissait sa Rose,
Pendant huit jours ne s'aperçut de rien ;
Mais un beau soir, il me manq' quelque chose,
Tiens, c'est ma femme, dit-il. Ah! nom d'un chien !
Drin, drin, drin.

Il la fait mettre alors dans la *Gazette*,
Or, le houzard, qu'en était... ennuyé,
La mène et r'fuse la récompense honnête,
L' tambour comprit qu' sa femme avait payé...
Drin, drin, drin.

FOEDORA.

Eh bien! c'est fini. Ah! tant pis, ça m'amusait.
(*Fredonnant.*)

Din, drin, drin.

C'était drôle, n'est-ce pas, Delphine? (*Pendant le troisième couplet, Delphine s'est endormie sur une chaise à droite.*) Tiens, la musique et le punch lui ont produit un drôle d'effet ! (*On frappe à la porte du fond.*)

TOUS, allant au fond.

On frappe.

VOIX, au dehors.

Monsieur Paul, il est minuit et demi.

TOUS, stupéfaits.

Minuit et demi, déjà !

PAUL.

Qu'est-ce que ça nous fait ?

VOIX.

Je vas fermer ma porte, prévenez-en votre société.

PAUL.

Ça nous est égal, nous dansons jusqu'à demain.

TOUS.

Ah! bravo! bravo!

HÉLOÏSE, revenant en scène.

Bravissimo... Moi, quand j'ai commencé, faut que ça dure toute la nuit.

FOEDORA.

C'est comme moi. (*A Héloïse.*) Mais j'y songe, Delphine qui devait être rentrée à onze heures, que dira sa mère?

HÉLOÏSE.

Tiens, c'est vrai... Ah bah! j'arrangerai ça demain, je lui dirai que nous avons été retenues chez ma tante, que les sangsues ne voulaient pas prendre. (*Eveillant Delphine.*) Delphine... en place.

DELPHINE, s'éveillant.

Ah! je m'étais endormie. (*Entendant sonner une demie.*) Quelle heure est-il?..

HÉLOÏSE.

Neuf heures et demie.

DELPHINE.

Neuf heures et demie, j'ai le temps.

HÉLOÏSE.

Fais-moi vis-à-vis.

PAUL.

En place pour la contredanse. (*Contredanse. Au premier plan, Paul et Delphine, Héloïse et Oscar. — Gerbaut est allé prendre le cornet à piston et joue debout sur la table de droite, pendant que l'orchestre joue le quadrille de Drin, drin; on crie, on danse. — Après la première reprise, Henri qui danse avec Héloïse, tombe de lassitude sur une chaise; Héloïse va faire vis-à-vis à Gerbaut, qui est toujours sur la table et danse devant lui.*)

FIN DU PREMIER ACTE.

ACTE DEUXIÈME.

Salon élégant. — Cheminée à gauche. — Portes, au fond, à droite et à gauche, fauteuils, une table garnie à droite.

SCÈNE PREMIÈRE.

GERBAUT, ROSINE.

GERBAUT.

Rosine! ta maîtresse est-elle visible?

ROSINE.

Non, Monsieur, elle est sortie.

GERBAUT.

Et Paul, est-il venu?

ROSINE.

Non, Monsieur.

GERBAUT.

Il ne peut tarder... Il m'a donné rendez-vous ici à deux heures... je l'attendrai.

ROSINE.

Comme Monsieur voudra. (Fausse sortie.)

GERBAUT.

Dis donc, Rosine?

ROSINE.

Monsieur!

GERBAUT.

Sais-tu que tu es charmante?

ROSINE.

Monsieur est trop honnête.

GERBAUT.

Non, parole d'honneur, et si tu voulais?

ROSINE.

Quoi donc?

GERBAUT.

J'ai des trésors à t'offrir.

ROSINE.

Des trésors! pour qui me prenez-vous?

GERBAUT.

Oh! entendons-nous... des trésors d'innocence et de candeur...

ROSINE, riant.

Ah! ah! merci bien.

GERBAUT.

Tu refuses? (Il la lutine.)

ROSINE, se dégageant.

Laissez donc, vous allez déchirer ma collerette. (S'en allant.) Ce n'est pas avec ces trésors-là que vous me la paierez. (Elle sort.)

SCÈNE II.

GERBAUT.

Elle aussi ne veut pas de ma candeur... et de mon... Ah! si j'avais à y joindre seulement quarante mille livres de rente, comme Paul... car il n'y a pas à dire... depuis un an que son père est mort, ce gaillard-là jouit de quarante mille livres de rente, sans compter ce que sa mère lui laissera un jour. Aussi il a une maîtresse ravissante. Mais

que veut dire ce billet que j'ai trouvé ce matin à mon étude? ce rendez-vous qu'il me donne ici, chez Delphine? Ah! le voici, je vais savoir.

SCÈNE III.

GERBAUT, PAUL.

PAUL.

Je t'ai fait attendre?

GERBAUT.

J'arrive à l'instant.

PAUL.

Delphine est sortie... nous pourrons causer... tu as reçu mon billet?

GERBAUT.

Oui.

PAUL.

Et cet acte que je te demandais?

GERBAUT.

Le voici.

PAUL.

Il est en bonne forme?

GERBAUT.

C'est M. Duval lui-même qui l'a rédigé. Ah çà! mais explique-moi... qu'y a-t-il?

PAUL.

Il y a, mon ami, que ce soir j'aurai quitté Paris.

GERBAUT.

Toi! comment?

PAUL.

Il le faut. Une lettre que j'ai reçue ce matin m'annonce que ma mère est dangereusement malade...

GERBAUT.

Ta mère?

PAUL.

Oui. Et dans quelques heures je serai sur la route de Poitiers. Je vais quitter Paris pour toujours peut-être; mais je ne veux pas m'éloigner sans avoir assuré la position de Delphine, et cette donation de cinquante mille francs que je t'ai prié de faire rédiger tout de suite...

GERBAUT.

Ah! je comprends.

PAUL.

Et tu m'approuves, j'en suis sûr.

GERBAUT.

Après tout, c'est peu de chose pour toi, et ta position de fortune te rend ce sacrifice facile.

PAUL.

Oh! ce n'est pas un sacrifice que je fais, c'est un devoir que j'accomplis. Tu n'as pas oublié quelles furent, il y a dix-huit mois, les suites de cette fatale nuit?

GERBAUT.

Ah! oui.

PAUL.

Le lendemain, Delphine chassée par sa mère... jetée sur le pavé de Paris... sans pain... ne voulant rien accepter de moi... obligée pour vivre de compromettre sa santé, en travaillant nuit et jour. Sa mère mourant quelques mois après, en lui pardonnant, il est vrai, mais mourant avec la douleur d'avoir vu sa fille séduite, déshonorée... Tous ces malheurs, j'en ai été la cause, et je dois les réparer.

GERBAUT.

Tu as raison... c'est d'un homme d'honneur... mais permets-moi une observation. C'est aujourd'hui que, grâce à tes soins, se termine le procès de Delphine. Le tribunal délibère en ce moment... Or, pourquoi cette donation, puisque dans une heure la loi lui aura rendu cette fortune qu'on lui conteste.

PAUL

Eh bien! veux-tu que je te l'avoue, je ne suis pas aussi rassuré que toi sur l'issue de ce procès. D'ailleurs, rien ne peut me dispenser de réparer les torts que j'ai eus envers Delphine et les peines que je lui ai causées. Je ne me dissimule pas qu'un mariage est impossible entre nous; si les préjugés de la fortune et de la naissance étaient les seuls obstacles à notre union, je les braverais encore... mais il n'en est pas ainsi... l'éducation fait tout aujourd'hui, c'est elle qui établit les rangs dans notre société; c'est elle que le monde exige avant de vous ouvrir les portes de ses salons; mais il l'exige impérieusement... Or, l'éducation de Delphine...

GERBAUT.

A été singulièrement négligée, il faut en convenir. il lui manque ce qui manque à tant de pauvres filles, l'instruction.

Air du Charlatanisme.

En fait de talents d'agrément,
Elle est peu riche... Et si sa mère
Se ruina... très certainement
C' n'est pas en leçons de grammaire.
Dans un salon, la pauvre enfant,
Serait, je crois, fort mal à l'aise * ;
Bref, entre nous, convenons-en,
Oui, son cœur est excellent...
Son orthographe est bien mauvaise.

PAUL.

Je ne puis donc faire que ce que je fais... quoi qu'il arrive, cinquante mille francs la mettront à l'abri du besoin.

GERBAUT.

Très bien, mais une autre observation, es-tu bien sûr de pouvoir les lui faire accepter.

PAUL.

Je l'espère.

* Paul, Gerbaut.

GERBAUT.

Et moi, j'en doute. Rappelle-toi donc que pour la décider à quitter sa pauvre mansarde, à venir habiter ce quartier brillant, il nous a fallu un mensonge des plus ingénieux ?

PAUL.

C'est vrai... si j'ai réussi à lui faire accepter ces dix mille francs, qui ont tout à coup changé sa misère en une modeste aisance, c'est en les lui faisant remettre par ton entremise.

GERBAUT.

Oui, je lui ai fait croire qu'ils lui étaient adressés par M. Duval, mon patron, comme un à-compte sur ce qui lui reviendra un jour de son procès. Ça me rappelle que j'ai son reçu, je vais te le rendre. (*Paul le met dans un portefeuille.*)

PAUL.

Donne, je le joindrai à ces cinquante mille francs que j'ai là dans ce portefeuille.

GERBAUT.

Elle a du cœur... et beaucoup, c'est même ce qui me fait craindre qu'elle ne refuse positivement.

PAUL.

Oh! non... en lui parlant comme je le ferai.

GERBAUT.

Est-elle prévenue de ton départ?

PAUL.

Pas encore, je le lui apprendrai en même temps.

GERBAUT.

Ah! diable! cela sera difficile.

PAUL.

Il me faudra du courage... mais elle ne revient pas, j'ai encore quelques visites à faire.

GERBAUT.

Je sors avec toi.

PAUL.

Non, attends Delphine, mon absence pourrait l'étonner, tu lui diras que je suis au tribunal.

Walse de Hunner.

Lorsque ma mère me réclame,
Je dois partir, et dès ce soir ;
Mais le ciel place, hélas, mon âme
Entre l'amour et le devoir.

GERBAUT.

Lorsque sa mère le réclame,
Il doit partir, et dès ce soir ;
Mais le ciel place, hélas, son âme,
Entre l'amour et le devoir.

(*Paul sort par le fond.*)

SCÈNE IV.

GERBAUT, *seul, puis* DELPHINE.

GERBAUT.

Cinquante mille francs?.. c'est gentil. Ah ! si je pouvais les offrir à Héloïse, ce n'est pas elle qui les refuserait, une femme qui accepterait la lune si on la lui offrait. Aussi, je ne m'explique pas comment elle s'obstine à refuser mes trésors d'innocence; il est vrai qu'il n'y a encore que trois ans que je lui fais la cour et il faut un peu de persévérance.

DELPHINE, *entrant avec Rosine* *.

Si la couturière revenait, vous me préviendriez.

GERBAUT.

Ah! la déesse de ces lieux.

DELPHINE.

Monsieur Gerbaut, ici, aujourd'hui?

GERBAUT.

Est-ce un reproche?

DELPHINE.

Non, je vous croyais au tribunal, c'est donc fini?

GERBAUT.

Pas encore, j'ai quitté l'audience à midi, l'arrêt ne sera pas rendu avant une heure.

DELPHINE.

Oh! que c'est emb... ennuyeux... je suis d'une impatience...

GERBAUT.

Rassurez-vous.

DELPHINE.

Oh! je n'ai nulle crainte, d'ailleurs j'en aurais eu que la conduite de M. Duval les eût entièrement dissipées.

GERBAUT.

Sans doute.

DELPHINE.

En voilà un brave homme, m'obliger à accepter ces dix mille francs, après ça... s'il n'avait pas été bien sûr que je gagnerais...

GERBAUT.

Certainement... certainement...

DELPHINE.

Mais c'est égal, l'incertitude, voyez-vous... ça vous tourmente, et je voudrais déjà que cela fût terminé, vous irez, n'est-ce pas, dans une heure?

GERBAUT.

Et je reviendrai immédiatement.

DELPHINE.

C'est cela... avez-vous vu Paul aujourd'hui?

GERBAUT.

Il était ici il n'y a qu'un instant, mais il avait quelques courses à faire, il va revenir.

DELPHINE.

Pauvre ami, je suis sûr que tout cela l'occupe encore plus que moi, il est si bon... sans lui, ce procès ne serait pas encore jugé, mais il s'est donné tant de peine. Ah! et vous aussi, Monsieur Gerbaut... Il lui tardait tant de me voir heureuse, songez donc près de trois mille francs de rentes, pour une pauvre ouvrière, c'est diablement beau! Oh! si Paul m'entendait?..

GERBAUT.

Quoi donc?

* Delphine, Gerbaut.

DELPHINE.

J'ai dit diablement... Oh! c'est que vous ne savez pas, depuis quelque temps il est très sévère avec moi, il me reprend constamment, il a raison, ça m'apprend et j'ai bien des choses à apprendre... Dame! je suis excusable...

GERBAUT.

Comment donc? Mais...

DELPHINE.

Je n'ai pas été en pension, moi, comme ces belles demoiselles qu'il voit tous les jours dans le monde : quand j'étais toute petite, j'allais à l'école et voilà tout.

Air de *Benedetta* (L. Puget.)

Je ne suis qu'une pauvre enfant!
Hélas! à mon berceau je trouvai la misère,
Mais le ciel en m'enrichissant
Peut me donner un jour tous les moyens de plaire.
Avec du travail et de l'or,
A mon âge on peut encor
S'élever et s'instruire;
Dans mon âme, j'entends parfois
Le doux écho d'une voix
Qui tout bas semble dire :
Espère, espère, un jour viendra
Où, pour toi, tout changera;
La grisette apprendra,
Et s'instruira,
A son tour, elle plaira!
Mon seul espoir le voilà,
On l'admirera!
Elle plaira!

HÉLOÏSE, *en dehors.*

C'est affreux, c'est une horreur.

DELPHINE.

Tiens... la voix d'Héloïse.

GERBAUT.

Héloïse... Ah! (*Il pose la main sur son cœur.*)

wwwwwwwwwwwwwwwwwwwwwwwwwwwwwwwwwwwwwww

SCÈNE V.

LES PRÉCÉDENTS, HÉLOÏSE.

HÉLOÏSE, *dans une agitation extrême.*

C'est une horreur... une infamie... Ah!.. j'étouffe... Rosine!.. un petit verre de n'importe quoi...

GERBAUT.

Qu'est-ce donc?

HÉLOÏSE.

Un petit verre de n'importe quoi...

DELPHINE.

Attends... (*Rosine entre avec un plateau sur lequel est un verre, une bouteille de Madère et des biscuits. Gerbaut prend le plateau, verse un verre et l'offre à Héloïse.*)

HÉLOÏSE, *tombe sur le fauteuil de gauche.*

J'en ferai une maladie...

DELPHINE*.

Mais que t'est-il arrivé?

HÉLOÏSE.

J'en aurai la jaunisse... c'est sûr...

GERBAUT.

Du madère... ça vous calmera...

HÉLOÏSE.

Ah! le monstre...

GERBAUT.

Qui?

HÉLOÏSE.

Parbleu... lui... Oscar...

DELPHINE.

Oscar!

HÉLOÏSE.

Tiens, lis. (*Elle lui remet une lettre; prenant un biscuit que Gerbaut avait pris et le mangeant avec fureur.*) Oh! j'ai besoin de mordre quelque chose.

DELPHINE, *lisant.*

Ma... chè... re... Hé... loïse.

HÉLOÏSE.

C'est comme ça tu lis... couramment... toi... Donne donc la lettre à M. Gerbaut**.

GERBAUT.

Voyons... (*Lisant.*) « Ma chère Héloïse...

HÉLOÏSE, *s'acharnant contre un biscuit qu'elle dévore avec rage.*)

Sa chère Héloïse... Tiens... oh!.. oh!..

DELPHINE.

Tais-toi donc...

GERBAUT, *lisant.*

« Mon oncle Lefèvre vient d'arriver à Paris à « l'occasion du Bœuf-Gras, il est descendu dans « mon hôtel, place du Panthéon, afin de voir le « cortège qui doit défiler sur le boulevard... » (*A part.*) Il paraît qu'il n'est pas myope, l'oncle!... « Tu comprends que les ménagements que j'ai à « garder avec lui m'obligent à me priver du plaisir « de te recevoir...

HÉLOÏSE.

Comme c'est écrit..

GERBAUT.

Une lettre... On écrit comme on parle...

HÉLOÏSE.

Oh!.. de façon que ceux qui parlent du nez, écrivent du... Oh! c'tte bêtise.

GERBAUT.

« Ne viens donc plus, jusqu'à ce que je t'écrive, « et sois philosophe. »

HÉLOÏSE.

Sois philosophe. . (*Mangeant avec fureur.*) Oh! tiens... tiens...

GERBAUT.

« Ton Oscar qui va maigrir d'amour. » (*Parlé.*) Eh bien!. qu'y a-t-il?..

* Gerbaut, Héloïse, Delphine.
** Héloïse, Gerbaut, Delphine.

DELPHINE.

S'il est vrai que son oncle...

HÉLOÏSE.

Mais c'est faux...

DELPHINE.

Vraiment!..

HÉLOÏSE, *se levant et passant au milieu.*

Faux comme une tournure en crinoline... Tout à l'heure, je sortais de chez moi, lorsqu'au coin de la rue La Harpe, je l'aperçois ayant sous son bras... Devinez quoi?

GERBAUT.

Son parapluie...

HÉLOÏSE.

Ah! oui... il est en plan... Une femme... j'allais lui sauter aux yeux quand tout-à-coup un éblouissement m'a pris... Je suis tombée dans les bras d'un gros Monsieur qui passait... et quand je les ai quittés, le monstre avait fui... J'ai pris l'omnibus... et me voilà...

DELPHINE.

Oh! ma pauvre Héloïse.

GERBAUT, *à part.*

Tiens... tiens... tiens... mes actions montent...

HÉLOÏSE.

Oh! les hommes... c'est tous de la camelote...

DELPHINE.

Oh!

HÉLOÏSE.

J'en excepte ton Paul... et encore, qui sait si un jour...

ROSINE.

La couturière de Madame est là.

DELPHINE.

C'est bien, j'y vais. Je te laisse avec M. Gerbaut.

HÉLOÏSE.

Air des *deux Maitresses.*

Une parole,
Souvent console,
Soyez pour elle un ami protecteur.
Votre assistance,
Pourra, je pense,
Rendre la paix et l'espoir à son cœur.
Quand l'abandon, pour elle se prépare
Quand tristement on la quitte en ce jour,
Ne faut-il pas que l'amitié répare
Les maux cruels que lui causa l'amour?
Une parole, etc.

ENSEMBLE.

GERBAUT.

Une parole
Souvent console,
Soyons pour elle un appui protecteur;
Mon assistance,
Pourra, je pense,
Rendre la paix et l'espoir en son cœur!

HÉLOÏSE.

Une parole

Parfois console,
Mais aujourd'hui j'ai perdu le bonheur
Son assistance, etc.

(*Delphine sort.*)

SCÈNE VI.

HÉLOÏSE, GERBAUT.

HÉLOÏSE, *en marchant.*

Polisson! paltoquet!

GERBAUT, *la suivant.*

Héloïse!

HÉLOÏSE.

Oh! les homme! je les hais tous! Ce n'est pas à vous que je dis ça.

GERBAUT.

Permettez. . la douleur vous égare.

HÉLOÏSE *.

La douleur! ah! ben, merci... si vous croyez que je le regrette... Avec ça que j'en manque, d'adorateurs...

GERBAUT.

Oh! non, vous n'en manquez pas, et pour ma part j'en connais un...

HÉLOÏSE, *remontant et redescendant la scène.
Sans l'écouter.*

Gare à celui qui me tombera sous la main.

GERBAUT, *à part.*

Le moment est favorable!

HÉLOÏSE, *sans l'écouter.*

Il paiera pour les autres.

GERBAUT, *à part.*

Je la crois bien disposée. (*S'arrêtant devant elle.
Haut.*) Héloïse!

HÉLOÏSE.

Monsieur Gerbaut.

GERBAUT.

Regardez-moi bien en face.

HÉLOÏSE.

Après.

GERBAUT.

De quoi ai-je l'air, je vous prie?

HÉLOÏSE.

Dame! d'un bon enfant, comme toujours.

GERBAUT.

Ensuite...

HÉLOÏSE.

Ensuite...

GERBAUT.

Ne voyez-vous rien dans ma figure?

HÉLOÏSE.

J'y vois votre nez... d'abord.

GERBAUT.

Ne voyez-vous pas mes yeux? et dans mes yeux, ne voyez-vous pas l'amour?

HÉLOÏSE.

L'amour...

* Gerbaut, Héloïse.

GERBAUT.

Eh bien! oui, le mot est lâché, je ne le reprends pas... l'amour!.. Que dis-je? la passion! que dis-je? le délire! que dis-je? oui, c'est bien ça... le délire. Ce n'est pas une tête, que j'ai là... non, c'est une fournaise..; ce n'est pas un cœur, que j'ai ici... non, c'est un volcan. Eh bien! tous ces feux, je les mets à vos pieds... comme une modeste chaufferette...

HÉLOÏSE.

Comme vous y allez.

GERBAUT.

Vous les acceptez?

HÉLOÏSE.

Je n'ai pas dit cela.

GERBAUT.

Non, mais vous allez le dire... Oh! nous serons si heureux!

Air du *Maréchal ferrant.*

Vous êt's une femme parfaite,
Je suis un garçon charmant.

HÉLOÏSE.

J'aime les bals, la toilette.

GERBAUT.

Je les aime tout autant.
Devant chaque fantaisie
Vous me verrez filer doux,
Oui, tout doux, tout doux, tout doux.
Une noire jalousie,
Jamais d' votre tendre époux,
N'allumera le courroux.
Et tous deux,

HÉLOÏSE.

Et tous deux,

GERBAUT.

Bien heureux,

HÉLOÏSE.

Bien heureux,

GERBAUT.

Nous verrons s'enfuir nos jours
Qui nous paraîtront bien courts.
Acceptez, je vous en prie,
Cette séduisante vie!
Nous serons tous les deux,
Heureux autant qu'amoureux *.

HÉLOÏSE.

Lorsque viendra le dimanche,
Au bal nous irons le soir.

GERBAUT.

Vous en belle robe blanche.

HÉLOÏSE.

Et vous en bel habit noir.

GERBAUT.

Si le temps vient mettre obstacle
A ce plaisir favori,
Vous me direz : mon chéri,
Dans une loge au spectacle
Allons chercher un abri...
Je crois nous y voir d'ici...

* Héloïse, Gerbaut.

Et sans bruit,

HÉLOÏSE.

Et sans bruit,

GERBAUT.

A minuit,

HÉLOÏSE.

A minuit...

GERBAUT.

Nous rentrons, tendres époux...

HÉLOÏSE.

Eh bien ! Monsieur... taisez-vous.

ENSEMBLE.

Mais quel sort digne d'envie !
Quelle séduisante vie !
Nous serons tous les deux,
Heureux autant qu'amoureux.

GERBAUT.

Acceptez, je vous prie, etc.

SCÈNE VII.

LES PRÉCÉDENTS, DELPHINE, PAUL.

GERBAUT, à Paul, qui entre par le fond.

Ah ! mon ami...

PAUL.

Qu'est-ce donc ?

HÉLOÏSE, bas à Gerbaut.

Chut !

GERBAUT, à part.

C'est juste. (Haut.) Rien.

DELPHINE, entrant par la droite. A Paul*.

Ah ! vous voici.

GERBAUT.

Je cours au tribunal.

PAUL.

J'en arrive... le jugement n'est pas encore
rendu.

GERBAUT.

Je reviens aussitôt qu'il le sera. (Bas à Héloïse.)
Notre vie ne sera qu'un long roucoulement...
Adieu, ma colombe.

HÉLOÏSE, bas à Gerbaut.

Adieu, mon pigeon. (A Delphine.) Moi, je vais
à la salle à manger... mes crampes d'estomac me
sont revenues.

ENSEMBLE.

Air de la Peri.

Nous vous laissons tous les deux,
A bientôt, beaux amoureux :
C'était votre seul désir :
Car c'est toujours un plaisir.
Quand on est trois, c'est gênant,
Et le mot le plus galant,
Les propos les plus jolis
Y perdent toujours leur prix.

PAUL ET DELPHINE.

Ils nous laissent tous les deux,
Et vraiment c'est fort heureux,

* Héloïse, Gerbaut, Paul, Delphine.

C'était notre seul désir,
Car pour nous, c'est un plaisir.
Quand on est trois c'est gênant ;
Et le mot le plus galant,
Les propos les plus jolis
Y perdent toujours leur prix.

(Héloïse entre à gauche, et Gerbaut sort par le
fond.)

SCÈNE VIII.

PAUL, DELPHINE.

DELPHINE.

Nous voilà seuls... j'en suis bien aise... j'étais
inquiète.

PAUL.

Vous, Delphine ?

DELPHINE.

Oh ! mais je ne le suis plus , maintenant que
vous voici. Que voulez-vous ? mon cœur s'est fait
une habitude de vous voir chaque matin, et quand
vous ne venez pas, mille craintes, mille supppositions... mais je vous trouve l'air triste.

PAUL.

Moi... non, je vous assure.

DELPHINE.

Vous ne souffrez pas ?

PAUL.

Non, du tout (A part.) O mon pauvre cœur !

DELPHINE.

Je comprends... c'est moi , toujours moi qui
vous afflige... Ce procès vous préoccupe.

PAUL.

Oui, c'est cela.

DELPHINE.

Eh bien ! vous avez tort, M. Gerbaut me le répétait tout à l'heure encore, il n'y a aucune crainte
à avoir, je gagnerai.

PAUL.

Je l'espère... et cependant...

DELPHINE.

Air : Tyrolienne de Nargeot (République de Platon).

Plus d'ennui !.,. de douleur !
Mon âme est heureuse,
Et joyeuse,
Avec vous, pour mon cœur,
Revient le bonheur.

(Ils s'asseyent*.)

Asseyez-vous là...
Non, ce n'est pas ça...
Rapprochons-nous tous les deux,
Oui, tous les deux,
On cause bien mieux,
Le fait est certain,
Ayant la main dans la main.

ENSEMBLE.

Plus d'ennui ! de douleur, etc.

* Delphine, Paul.

PAUL.

Plus d'ennui ! de douleur
Son âme est heureuse,
Et joyeuse;
Avec moi pour son cœur,
Revient le bonheur,

DELPHINE.

Et maintenant, parlez...

PAUL.

Ecoute, il m'est venu une idée.

DELPHINE.

Voyons votre idée.

PAUL.

Je suis riche, Delphine.

DELPHINE.

Très riche même, à ce qu'on dit.

PAUL.

Je t'ai souvent proposé de partager cette richesse, et tu l'as toujours refusé... Je ne t'en blâme pas... au contraire... au fond du cœur j'étais fier de tes refus. Aujourd'hui, pourtant, ce n'est plus une offre que je viens te faire, c'est un service que je viens te demander de me rendre...

DELPHINE.

Un service! oh ! parle, parle bien vite.

PAUL.

J'ai été dans ta vie la cause de bien des malheurs !

DELPHINE.

Oh !

PAUL.

Oui, la cause de bien des larmes que tu n'aurais pas versées si un jour je ne m'étais pas rencontré sur ta route. Eh bien ! je ne te le cache pas, cette pensée me poursuit... je la sens là comme un remords... Il me semble que j'ai brisé ton bonheur.

DELPHINE.

Mais, au contraire...

PAUL.

Compromis ton avenir... que sans moi tu aurais été plus heureuse.

DELPHINE.

Oh! jamais.

PAUL.

Que te dirai-je enfin? mon cœur me répète chaque jour que j'ai des torts, des torts immenses à réparer. Le monde est souvent injuste pour la pauvre fille comme toi... on la condamne sans lui tendre la main ; on l'abandonne quand elle souffre. Elle peut se trouver sans appui, sans soutien... et j'ai cru, il m'a semblé, que je ne serais tranquille que lorsque j'aurais assuré cet avenir, cette position.

DELPHINE, à part.

Oh ! je crois le comprendre. (Haut.) Je te remercie... c'est une bonne pensée que tu as eue là... et, alors...

PAUL.

Alors, j'ai prié Gerbaut, qui a toujours été le confident de toutes mes pensées...

DELPHINE.

Eh bien ! tu l'as prié...

PAUL.

De me rédiger un acte.

DELPHINE.

Un acte... oh ! donne... donne, je t'en prie. (A part, en se levant.) Moi, sa femme. (Jetant les yeux sur le papier que Paul lui remet.) De l'argent... Ah ! (A elle-même.) J'étais folle... et je ne me disais pas que c'était impossible.

PAUL, se levant.

Que vois-je ? des larmes... oh ! pardonne-moi, je t'ai offensée.

DELPHINE.

Non, mon ami, cette offre, c'est ton cœur qui te l'a inspirée, et à ce titre, j'en suis heureuse.

PAUL.

Ainsi tu acceptes ?

DELPHINE, déchirant le papier.

Je refuse.

Air de Mademoiselle Garcin.

Il est un bien que mon âme préfère,
Trésor pour moi consolant et plus doux,
C'est ce pardon que m'accorda ma mère,
Lorsqu'en pleurant j'embrassais ses genoux;
Elle accepta, cédant à ma prière,
Un cœur qu'hélas l'amour avait perdu,
L'eût-elle fait, à son heure dernière,
Si pour de l'or, ce cœur s'était vendu.
Non, non, jamais, mon cœur ne s'est vendu.

PAUL.

Delphine.

DELPHINE.

Ne parlons plus de cela, mon ami... d'ailleurs qu'ai-je besoin ?

PAUL.

Mais si ce procès...

DELPHINE.

Et que m'importe ?.. je le perdrais que je serais encore heureuse... Je rentrerai dans ma mansarde, je reprendrai cette vie de travail que je n'aurais jamais dû quitter, peut-être... Oh! rien ne m'épouvante, rien qu'une pensée.

PAUL.

Une pensée...

DELPHINE.

Oui, la pensée qu'un jour peut-être tu t'éloigneras d'ici... Me séparer de toi, ne plus te voir...

PAUL.

Delphine.

DELPHINE.

Oh ! c'est impossible, n'est-ce pas ?.. Tu m'ai-

Paul, Delphine.

mes, tu m'aimeras toujours... il y a dans ce mot quelque chose qui me console de tout... la misère, la douleur, l'humiliation même... oh! je ne les crains pas, j'aurai la force de les supporter... mais ton oubli, ton éloignement...

PAUL, *à part.*

Oh! comment lui dire?

DELPHINE.

N'en parlons plus, n'y songeons jamais... Je vois une larme dans tes yeux, tu pleures aussi, c'est cette pensée, cette affreuse pensée... chassons-la.

PAUL, *à part.*

Je n'aurai jamais le courage...

DELPHINE.

Pourquoi nous affliger, nous nous aimons, nous sommes heureux... embrasse-moi, un baiser nous fera tout oublier.

PAUL, *l'embrassant.*

Delphine... tu as raison.

SCÈNE IX.

PAUL, GERBAUT, *un papier à la main.* DELPHINE.

PAUL.

Ah! voici Gerbaut, quel air triste!

DELPHINE.

Eh bien! mon procès?

GERBAUT.

Votre procès, madame... il est...

PAUL, *s'emparant du papier, y jetant les yeux.*

Il est... gagné!

GERBAUT, *à part.*

Gagné... qu'est-ce qu'il dit donc?

DELPHINE.

Gagné...

GERBAUT, *bas à Paul.*

Mais...

PAUL, *bas, lui donnant un portefeuille.*

Tais-toi.

DELPHINE, *émue.*

Oh! je m'y attendais... et pourtant...

PAUL.

Oui, Delphine... et ces soixante mille francs sont bien à vous désormais... Gerbaut les a sans doute, il doit les avoir. (*Lui prenant le portefeuille des mains.*) Donne donc. (*Ouvrant le portefeuille.*) Les voilà bien en effet, cinquante mille francs en billets de banque... plus un reçu de dix mille francs au nom de M. Duval.

DELPHINE.

Ah! oui, je sais. (*A Gerbaut.*) Et vous ne me le disiez pas tout de suite, vous hésitiez...

GERBAUT, *troublé.*

Moi, non... oui... c'est que...

* Gerbaut, Paul, Héloïse.

DELPHINE.

Mais au premier moment, en vous voyant entrer, je croyais avoir perdu... vous aviez un air si triste. (*A Paul.*) N'est-ce pas? Je suis sûr que vous l'avez cru comme moi.

PAUL.

Certainement... une surprise qu'il voulait vous faire.

DELPHINE.

Oh! mais... c'est qu'il ne faut pas plaisanter avec ces choses-là... Vous m'avez fait une frayeur...

PAUL, *bas à Gerbaut.*

Parle donc.

GERBAUT, *qui pendant toute la scène est resté l'air surpris.*

Oui, j'avais tort, j'aurais dû... parce que ces choses-là...

DELPHINE.

Cinquante mille francs à moi... oh! ma pauvre mère!.. que n'es-tu là pour les partager... Que je suis contente, je cours annoncer mon bonheur à Héloïse.

Air de M. Doche, (*Un déménagement.*)

Ah! que mon cœur est joyeux!
En un jour tant de richesse?
Je veux dans ma douce ivresse
Voir ici tout le monde heureux!

PAUL.

Pour vous, c'est assez, je l'espère?

DELPHINE.

C'est même trop pour mon bonheur;
Mais pour l' bien que rêve mon cœur
J'aurais besoin d'être millionnaire.

ENSEMBLE.

Ah! que mon cœur, etc.

GERBAUT ET PAUL.

Ah! que son cœur est joyeux!
En un jour tant de richesse!
Elle veut, dans sa douce ivresse,
Voir ici tout le monde heureux.

(*Elle entre à gauche.*)

SCENE X.

PAUL, GERBAUT.

PAUL, *après s'être assuré que Delphine est partie*.

Tu as tout compris, j'espère...

GERBAUT.

Je le crois.

PAUL.

Tu avais deviné juste, elle a refusé cette donation que je voulais lui offrir... Heureusement que le ciel est venu à mon aide, car c'est une pensée du ciel que celle qui m'a permis de lui faire accepter cet argent, en lui épargnant la dou-

* Paul, Gerbaut, Delphine.

leur d'apprendre qu'elle a perdu ce procès...
Maintenant, du moins, je puis partir tranquille.

GERBAUT.

A propos, la chaise de poste est à la porte.

PAUL.

Déjà, et je ne lui ai pas encore dit.

GERBAUT.

Comment? tout-à-l'heure...

PAUL.

Oh! je n'en ai pas eu la force, et je ne sais si
je l'aurai... et cependant il le faut, ma mère est
mourante, chaque minute de retard est peut-être
un remords que je me crée... Oh! oui, c'est cela,
je vais lui écrire. (Il va à la table et écrit.)

GERBAUT.

Une lettre! tiens, c'est vrai, ça vous évitera des
adieux, c'est toujours si triste.

PAUL.

Tu te chargeras de la lui remettre, plus tard,
quand je serai parti.

GERBAUT, à part.

C'est contrariant... je n'aime pas à voir pleu-
rer les femmes.

PAUL.

Je compte sur toi?

GERBAUT, à part.

Oui... oui. (A part.) Et puis, j'avais loué une
loge à l'Ambigu pour Héloïse... enfin !..

PAUL, se levant.

Pauvre Delphine. (Remettant la lettre à Gerbaut.) Tiens, puisse l'engagement que je prends
dans cette lettre, adoucir sa peine... Adieu, mon
ami.

GERBAUT.

Tu pars... tout de suite.

PAUL.

Oui, car je le sens, si je la voyais encore, il me
serait impossible de m'arracher de cette maison.

Rondeau de M. Kriesel.

Tu sais combien je l'aime,
Et sans plus différer,
Il faut à l'instant même,
Il faut m'en séparer,
L'aspect de ses larmes
Briserait mon cœur,
Et je serais sans armes
En voyant sa douleur.
Un devoir m'appelle,
Je dois obéir,
Mais dans mon cœur fidèle
J'emporte un souvenir.
Adieu, pauvre amie,
Adieu, mes amours,
Ton image chérie
Est là pour toujours.

ENSEMBLE.

GERBAUT.

Je sais combien il l'aime,

Et sans plus différer,
Il doit, à l'instant même,
Il doit s'en séparer.

~~~~~~~~~~~~~~~~~~~~~~~~~~~

SCÈNE XI.

GERBAUT.

Adieu! C'est égal... Voilà une commission dé-
licate... (Parcourant la lettre des yeux.) Oh! ça
me touche. (Il s'essuie les yeux. Lisant.) « Et si
« tu ne peux être ma femme, je jure du moins de
« n'en avoir jamais d'autre. » Oh! c'est bien...
parcequ'enfin cette pauvre Delphine...

~~~~~~~~~~~~~~~~~~~~~~~~~~~

SCÈNE XII.

HÉLOÏSE, GERBAUT.

HÉLOÏSE, qui est entrée sur ces derniers mots, et
qui est venue derrière Gerbaut.

Hein !.. Delphine...

GERBAUT, cachant précipitamment sa lettre.

Oh !

HÉLOÏSE.

Qu'est-ce que vous avez donc là...

GERBAUT.

Moi... rien...

HÉLOÏSE.

Une lettre... je veux la voir.

GERBAUT.

Mais...

HÉLOÏSE.

Oh! pas de mais... Il faut m'obéir... ou sinon...

GERBAUT.

Eh bien !.. Je vais tout vous dire... Mais surtout... de la discrétion... ça demande des ménagements... c'est une lettre que Paul écrit à Delphine.

HÉLOÏSE, la prenant.

A Delphine?

GERBAUT.

Chut... n'en parlez pas jusqu'à ce qu'il soit
parti...

HÉLOÏSE.

Parti ?.. qui.

GERBAUT.

Paul?

HÉLOÏSE.

Pour où...

GERBAUT.

Pour Poitiers.

HÉLOÏSE.

Il quitte Paris...

GERBAUT.

Dans un instant...

HÉLOÏSE.

Et il abandonne Delphine... c'est indigne...

* Gerbaut, Héloïse.

Delphine... Delphine... (*Elle veut s'élancer vers la porte à gauche ; mais Gerbaut la retient, en tâchant de la faire taire.*)

GERBAUT.

Mais taisez-vous donc... Taisez-vous donc.

HÉLOÏSE, *appelant toujours.*

Delphine...

~~~~~~

SCÈNE XIII.

DELPHINE, GERBAUT, HÉLOÏSE.

DELPHINE, *entrant.*

Qu'est-ce ?..

DELPHINE, *toujours retenue par Gerbaut.*

Ton Paul ne vaut pas mieux que les autres... C'est un monstre...

GERBAUT.

Héloïse... Héloïse.

DELPHINE.

Que veux-tu dire ?

HÉLOÏSE, *passant au milieu.*

Il te plante là... Tiens... regarde...

DELPHINE, *saisissant la lettre, et y jetant les yeux.*

Grand Dieu !.. (*Elle tombe sur un fauteuil à gauche. On entend le bruit d'une voiture*) Parti... Ah !.. (*Rosine accourt.*)

HÉLOÏSE, *pinçant violemment le bras de Gerbaut.*)

Oh ! les hommes !.. (*Elle court auprès de Delphine, pendant que Gerbaut se frotte le bras. Tableau.*)

FIN DU DEUXIÈME ACTE.

ACTE TROISIÈME.

Salon brillamment éclairé. — Portes au fond, à droite et à gauche. Un piano à droite. — Un canapé à gauche.

SCENE PREMIERE.

HENRI, GERBAUT, PAUL.

GERBAUT.

Une table de bouillotte et deux tables d'écarté dans mon cabinet... Vous trouverez des cartes sur mon bureau... allez... (*Le domestique sort.*)

PAUL.

Comment !.. jusqu'à ton cabinet.

GERBAUT.

Tout est envahi...

HENRI.

Ton bal sera superbe...

PAUL.

On en parlera demain dans toute la ville...

GERBAUT.

Je l'espère bien... Et, soit dit entre nous, c'est un peu pour cela que je le donne... Certainement... un bal c'est une annonce... Aujourd'hui on fait danser comme on enverrait un prospectus... pour faire parler de soi... pour attirer des clients... Le procédé réussit et j'en use...

PAUL.

Aussi ton étude prospère... Te voilà l'un des premiers avoués de Poitiers.

HENRI.

Et tu gagnes de l'argent...

GERBAUT.

Il le faut bien... je n'ai pas comme toi, pour payer ma charge, l'espérance d'un riche mariage.

HENRI.

C'est vrai... tu es arrivé à Poitiers, armé de pied en cap...

GERBAUT, *se frottant les mains.*

Marié depuis six mois...

PAUL.

A propos, nous n'avons pas encore salué madame Gerbaut.

GERBAUT.

Elle est à sa toilette... mais elle ne tardera pas... Elle est un peu contrariée ce soir...

HENRI.

Sa couturière lui a manqué de parole.

GERBAUT.

Non... une cousine qu'elle attendait aujourd'hui de Bordeaux, et qui n'est pas arrivée... une jeune fille charmante... que nous voudrions marier.

HENRI.

Ah ! voilà ta manie qui reparaît.

GERBAUT.

Eh bien !.. oui... je l'avoue... je suis l'homme du mariage... si vous saviez comme c'est bon de se marier... Depuis que j'ai épousé ma femme, je me sens tout autre... je ne suis plus le même...

PAUL.

Toi... je le comprends...

GERBAUT.

On est si heureux... et puis c'est si gentil une femme... à soi... tout seul... (*A Paul.*) Et si tu m'en croyais...

PAUL.

Allons... tu vas recommencer...

GERBAUT.

Eh bien !.. oui... je recommencerai... parce que je voudrais te voir heureux... et que tu ne le seras pas tant que tu resteras garçon... Oh ! je sais bien ce que tu vas me dire... que tu n'es pas libre... qu'un serment te lie à Delphine... Mais puisque tu n'en as plus eu de nouvelles depuis

Henri, Paul, Gerbaut.

trois ans... que nous ignorons tous ce qu'elle est devenue... il me semble...

PAUL.

Que je devrais l'avoir oubliée, n'est-ce pas ?.. Eh bien ! non !.. cette disparition subite, le lendemain de mon départ, est au contraire là pour m'empêcher de l'oublier jamais... Pauvre enfant ? qu'est-elle devenue ?

GERBAUT.

J'ai toujours eu dans l'idée qu'elle s'était fait enlever par quelque prince russe...

PAUL ET HENRI.

Oh !.. Gerbaut.

GERBAUT.

Tiens... (A Henri.) Fœdora s'est bien consolée de ta perte, en émigrant avec un gros Anglais.

HENRI.

Ce n'est pas une raison...

GERBAUT.

Je le sais... mais enfin, c'est si bizarre... Je me suis présenté plus de vingt fois à son ancienne demeure... j'ai interrogé... j'ai séduit... j'ai fait pleuvoir les pièces de deux francs... Rien... pas le plus léger indice... le plus petit renseignement... j'ai couru les bals... les concerts... Ah! voilà ma femme.

HÉLOÏSE, dans la coulisse.

C'est bien !

SCÈNE II.

HENRI, PAUL, HÉLOISE, GERBAUT.

HÉLOÏSE, familièrement, en tendant la main à Paul et à Henri.

Tiens, bonsoir, Messieurs.

GERBAUT, vivement.

Héloïse !

HÉLOÏSE.

Oh! c'est vrai. (Les saluant avec une très grande dignité.) Messieurs !

HENRI ET PAUL, la saluant.

Madame !

HÉLOÏSE, à Gerbaut.

Eh bien ! êtes-vous content ?

GERBAUT.

C'est mieux.

HÉLOÏSE.

J'oubliais l'étiquette, les hautes convenances, comme dit M. Gerbaut. Ah ! dame ! avec d'anciens amis. Et puis il faut un peu s'habituer... mais ça va venir... tu verras tout à l'heure.

GERBAUT.

Observe-toi, je t'en prie.

HÉLOÏSE.

Sois tranquille... D'ailleurs, le moyen de ne pas être sérieuse au milieu d'avoués, de notaires, de procureurs... un tas d'habits noirs qui ne rient jamais, ton procureur du roi surtout.

GERBAUT.

Dites donc de la République !

HÉLOÏSE.

Soit... ton procureur du roi de la République... en voilà un qui me déplaît ! Ah ! ça n'est pas très gai, votre grand monde, je le croyais plus amusant.

GERBAUT.

Héloïse !

HENRI, à part.

Toujours la même.

HÉLOÏSE.

Ah !.. tant pis, nous sommes en petit comité, et personne ne nous entend... on peut encore dire ce que l'on pense.

Air de *Calpighi*.

Tous vos brillants fonctionnaires,
Avocats, procureurs, notaires,
Peuvent être grands orateurs,
Mais ce sont de tristes danseurs :
A leurs procès toujours ils pensent.

GERBAUT.

Et comment voulez-vous qu'ils dansent !
Mais remarquez donc, s'il vous plaît,
Qu'ils sont attachés au parquet,
Tous sont attachés au parquet.

UN DOMESTIQUE, à Héloïse.

Il y a là, dans l'antichambre, une personne qui demande à parler à Madame.

GERBAUT.

A nous ?

LE DOMESTIQUE.

Non, Monsieur... à Madame seulement...

HÉLOÏSE.

A moi... J'y songe... si c'était ma cousine...

GERBAUT.

Au fait... (Au domestique.) A-t-elle une malle, un sac de nuit ?...

LE DOMESTIQUE.

Non, Monsieur... Elle est en domino rose...

GERBAUT.

Ce n'est pas un costume de voyage...

HÉLOÏSE.

Sans doute une de nos invitées... qui a quelque petit service à réclamer de moi.

GERBAUT.

Une épingle qui manque à sa toilette...

HÉLOÏSE, au domestique.

Faites-la entrer ici.

PAUL.

Nous vous laissons...

HENRI, à Héloïse.

Je m'inscris pour la première contredanse.

ENSEMBLE.

Air : *A ton regard*. (Arnaud.)

Déjà la nuit avance,
Et du bal qui commence
La joyeuse cadence
Va donner le signal.
Les lumières scintillent
Et les toilettes brillent,

Tous les regards pétillent,
Voici l'instant du bal.

SCENE III.

HÉLOISE, puis DELPHINE.

HÉLOÏSE.

Prenons une contenance digne et sévère...
C'est peut-être la femme d'un notaire...

LE DOMESTIQUE, *introduisant Delphine.*

Par ici, Madame, par ici.

DELPHINE, *en domino rose, masquée.*

Merci. (*Le domestique sort.*)

HÉLOÏSE, *la saluant gravement.*

Madame...

DELPHINE.

Madame... (*Elle la salue avec la même gra-
vité, regarde autour d'elle, et, s'apercevant
qu'elles sont seules, elle ôte son masque.*)

HÉLOÏSE.

Que vois-je?.. Delphine!..

DELPHINE.

Héloïse!.. (*Elles s'embrassent.*)

ENSEMBLE.

Air des *Deux Brigadiers.*

Pour nous quel plaisir de nous revoir!
Ah! quelle fête!
Qu'elle soit complète!
Tout ici comble mon espoir.

HÉLOÏSE.

Mais d'où sors-tu?.. qu'as-tu fait?.. d'où viens-
tu?.. Voyons, parle.

DELPHINE.

Chut... Tout cela forme une histoire qu'il serait
trop long de te raconter maintenant... Que personne ne se doute que je suis ici...

HÉLOÏSE.

Ne crains rien... Mais pourquoi ce mystère?
cette visite secrète?

DELPHINE.

C'est un service que je viens réclamer de toi...
Sache d'abord que depuis trois ans je n'ai pas un
seul instant quitté Paris.

HÉLOÏSE.

Vraiment!.. Je t'ai pourtant cherchée partout...
Même qu'à la fin M. Gerbaut et moi nous étions
fort inquiets sur ton compte... et si nous n'avions
pas su que grâce, à ce procès, tu étais riche... que
tu ne devais manquer de rien... nous aurions été
fort en peine...

DELPHINE.

Bonne Héloïse!.. Non, Dieu merci, sous ce
rapport-là, j'ai toujours été parfaitement heureuse... Je te ferai connaître plus tard les motifs
qui m'engagèrent à rechercher cet isolement dans
lequel j'ai vécu... Qu'il te suffise de savoir que je
suis à Poitiers depuis ce matin... Entraînée par
mon amour pour Paul...

HÉLOÏSE.

Tu l'aimes donc toujours?

DELPHINE.

Si je l'aime!.. Mais cet amour a fait toute ma
force, tout mon bonheur.

HÉLOÏSE.

Il est ici...

DELPHINE.

Je le sais... A peine arrivée à Poitiers, j'ap-
prends que tu donnes un bal aujourd'hui... Un
bal masqué... Une meilleure occasion ne pouvait
s'offrir... Un peu reposée des fatigues du voyage,
je prends ce costume... Et me voilà... Devines-tu
maintenant le service que je réclame...

HÉLOÏSE.

C'est bien simple... Il s'agit de l'introduire.

DELPHINE.

Oui... Mais de manière à ne laisser deviner à
personne qui je suis...

HÉLOÏSE.

Très bien... Tu veux les intriguer... Je t'aide-
rai... Cette chère Delphine... que je suis heureuse
de te revoir... Oh! ma foi!.. Je ne puis retenir
ma langue comme toi... Et si tu ne me dis pas ton
histoire, tu écouteras du moins la mienne...

DELPHINE.

C'est inutile... Je la connais...

HÉLOÏSE.

Bah!.. Tu sais que je suis mariée...

DELPHINE.

Mais, oui... Et si ma vie fut un mystère pour
tous, la vôtre ne cessa pas de m'être un instant
connue...

Air de *Perrinette.*

Je me disais chaque jour,
Dans ton projet persévère:
Quand le sort leur est prospère,
Peut-être auras-tu ton tour.
Parfois un sombre nuage
Me laissait des jours moins doux;
Mais je reprenais courage
Lorsque je pensais à vous.
Grâce à vous j'étais joyeuse,
Tout souriait à mon cœur,
Et, trois ans je fus heureuse...
Heureuse de votre bonheur.

HÉLOÏSE.

Ainsi tous les détails de la vie de Paul..

DELPHINE.

Me sont aussi connus que si nous ne nous fus-
sions jamais séparés.

HÉLOÏSE.

Tu sais que sa mère est morte...

DELPHINE.

Oui... peu de jours après son départ.

HÉLOÏSE.

Qu'il n'est pas marié...

DELPHINE.

Sans cela aurais-je cherché à le revoir...

HÉLOÏSE.

Qu'il t'aime toujours...

DELPHINE.

On me l'a dit... et je viens m'en assurer.

HÉLOÏSE.

Silence... Voici mon mari... (*Delphine remet précipitamment son masque.*)

~~~~~~~~~~~~~~~~~~~~~~~~~~~~~~~~~~~~~

SCÈNE IV.

DELPHINE, HÉLOÏSE, GERBAUT.

GERBAUT.

Ah!.. le coup-d'œil est superbe... Impossible de faire un pas... On s'écrase les pieds... (*Apercevant Delphine.*) Oh! le domino rose. (*Saluant.*) Madame... (*Bas à Héloïse.*) Quelle est donc cette dame.

DELPHINE, *bas à Héloïse.*

Chut...

HÉLOÏSE, *embarrassée.*

C'est... la femme d'un magistrat très haut placé...

GERBAUT.

Ah!.. lequel?

HÉLOÏSE.

Du premier président...

GERBAUT.

Allons donc... Sa femme!... Elle est déguisée en gaudriole... Je viens de la conduire au buffet.. Voyons, c'est... je suis obligé de connaître les gens que je reçois...

HÉLOÏSE.

Eh bien!.. C'est.. (*A part.*) Oh! quelle idée... (*Haut.*) C'est ma cousine...

GERBAUT.

Ta cousine... Je m'en doutais...

HÉLOÏSE.

Une surprise... qu'elle a voulu nous faire, elle est descendue dans un hôtel.

GERBAUT.

C'est très aimable de sa part... Oh! ma foi, je n'y tiens pas, et puisque l'incognito est rompu... cousine, voulez-vous permettre que je vous embrasse.

DELPHINE, *bas à Héloïse.*

Cousine.

HÉLOÏSE, *bas à Delphine.*

Laisse-le faire... Oui, mais sur le front seulement... respectez son masque.

GERBAUT.

Oh!..

HÉLOÏSE.

Il le faut... vous la décoifferiez *.

GERBAUT.

Air de l'Apothicaire.

Je me soumets avec regret,
(*Il l'embrasse sur le front.*)
Mais un semblable arrêt me fâche...

* Héloïse, Delphine, Gerbaut.

Hélas! que de charmants attraits
Ce vilain masque-là me cache!
Je n' vous connaissais autrefois
Que de nom... grâce à ce voyage,
Oui, maintenant que je vous vois,
Je n' vous connais pas davantage.

Heureusement qu'à minuit tous les masques tomberont.

DELPHINE.

Ah!

GERBAUT.

C'est convenu... cette chère cousine. (*A Héloïse.*) Eh bien! te voilà contente.

HÉLOÏSE.

Tout-à-fait.

GERBAUT, *à Delphine.*

Figurez-vous qu'elle était d'une humeur affreuse, et moi aussi... par ricochet... Votre retard nous contrariait infiniment... Un bal si brillant.. Maintenant il s'agit de vous trouver un cavalier... et si le voyage ne vous a pas trop fatiguée... justement en voici deux qui se dirigent de ce côté.

~~~~~~~~~~~~~~~~~~~~~~~~~~~~~~~~~~~~~

SCÈNE V.

LES PRÉCÉDENTS, PAUL, HENRI.

DELPHINE, *apercevant Paul, bas à Héloïse.*

C'est lui!.. oh!..

HÉLOÏSE, *bas à Delphine.*

Ne te trahis pas.

HENRI, *à Delphine.*

L'orchestre commence, je viens vous rappeler la promesse que vous m'avez faite *.

HÉLOÏSE.

C'est juste!

GERBAUT, *à Paul, auquel il a parlé bas, en désignant Delphine.*

C'est la cousine d'Héloïse, fais-la danser, tu m'obligeras.

PAUL, *à Delphine.*

Mademoiselle voudrait-elle me faire l'honneur de m'accepter pour cavalier.

DELPHINE.

Volontiers, Monsieur. (*Elle remonte parler à Henri et à Héloïse.*)

PAUL, *à Gerbaut.*

Ah! mon Dieu!.. mon ami.

GERBAUT.

Qu'as-tu donc?

PAUL.

N'as-tu pas entendu?

GERBAUT.

Si... elle accepte.

PAUL.

Mais cette voix...

GERBAUT.

Un timbre fort agréable.

HÉLOÏSE, *qui a pris le bras d'Henri.*

Eh bien ! Venez-vous ?

ENSEMBLE.

Air du *Lutin de la Prairie.*

Empressons-nous d'accourir,
Car le plaisir
Nous sollicite.
Courons tous à sa poursuite,
Ou craignons de le voir s'enfuir.

SCENE VI.

GERBAUT, *seul.*

Comme le timbre de ma cousine l'impressionne. Elle paraît charmante, la petite provinciale... Je lui trouverai facilement un mari... Ah ! occupons-nous un peu de rafraîchissements ; je crois qu'il est temps que les glaces commencent leurs évolutions. (*Ouvrant la porte de droite.*) Baptiste... (*Un domestique paraît portant un plateau.*) Allons donc, mon ami... allons donc... des rafraîchissements, on étouffe dans le grand salon. (*Il prend un verre de punch.*) Assurons-nous de la qualité... parfaite... Vous pouvez offrir. (*Le domestique sort par le fond. Un second entre par la gauche.*) Ah ! des petits gâteaux. (*En mangeant.*) Délicieux... allez... J'aime assez cette habitude de ne rien offrir sans être bien certain... (*Apercevant un troisième domestique qui entre avec des glaces.*) Ah ! les glaces... voilà ce que j'aime. (*Examinant les glaces, en prenant une.*) Mais, au moins, sont-elles meilleures que la dernière fois... Ah ! oui, la vanille se sent mieux... voyons la pistache. (*Il en prend une autre.*) La pistache est bonne ! (*Il en prend une troisième.*) Ah ! très bon !.. Allez offrir. (*Le domestique sort.*) C'est singulier, ce goût que j'ai pour les glaces, au dernier bal de la préfecture, j'en ai mangé vingt-sept.

Air : *J'ai vu le Parnasse des Dames.*

La danse n'est pas ce que j'aime,
La glace est seule de mon goût,
Et dans le plus beau bal lui-même,
D'honneur je la préfère à tout.
Les glaces... n'importe lesquelles...
Je les aime... et quand je les vois,
Aussitôt moi je fonds sur elles.

(*Essuyant son pantalon.*)
Bien... la mienne qui fond sur moi.

Ah ! ma cousine.

SCÈNE VII.

GERBAUT, DELPHINE.

DELPHINE.

Ah ! monsieur Gerbaut !

GERBAUT.

Oh ! appelez-moi cousin.

DELPHINE.

Soit... Mon cousin, la contredanse vient de finir, et Héloïse vous réclame pour la polka.

GERBAUT.

Ah ! je sais, pour ma leçon... elle veut absolument m'apprendre à polker en mesure. (*Mangeant.*) Mais elle n'y réussira pas.

DELPHINE.

Dépêchez-vous, Héloïse ne peut pas attendre.

GERBAUT.

Ma glace non plus ne peut pas attendre. (*Achevant et posant son assiette sur la cheminée.*) Voilà... vous ne venez pas ?

DELPHINE.

Non... j'ai besoin de me reposer, je reste ici. (*Gerbaut sort.*)

SCENE VIII.

DELPHINE, *seule, ôtant son masque.*

J'ai quitté la salle de bal, j'aurais fini par me trahir... oh ! que je suis heureuse... son émotion pendant la contredanse, son trouble en me parlant, tout me prouve qu'il ne m'a pas oubliée, qu'il m'aime encore... Comme je me suis plu à le tourmenter tout-à-l'heure... Chaque fois qu'il croyait me reconnaître, je détournais la conversation... je lui parlais littérature... musique... Et son regard s'arrêtait tristement sur moi, comme pour dire : Ce n'est pas elle, car Delphine ignore tout cela... Ah ! c'est qu'il ne se doute pas que la pauvre fille dont l'ignorance le faisait si souvent rougir autrefois, peut maintenant briller dans ces salons... Elle n'a plus rien à envier aux femmes du monde... on lui accorde de la distinction, de l'esprit... elle a des talents... elle est musicienne.

Air de l'*Ame en peine.*

Oui, ce n'est plus la modeste ouvrière
Dont l'ignorance l'attristait.
Dans ces salons, si je fais sa conquête,
C'est mon esprit seul qui lui plaît.
Lorsqu'il croira retrouver l'ouvrière,
Elle aura fui, mais sans retour.
Ce changement, dont mon âme est si fière,
Je ne le dois qu'à mon amour.
Ce changement, dont mon âme est si fière,
Je ne le dois qu'au travail, à l'amour.

Imprudente... le voilà ! (*Elle remet son masque.*)

SCENE IX.

DELPHINE, PAUL.

PAUL, *à part.*

C'est bien elle, je ne puis en douter... et pourtant ce langage... ces manières distinguées. (*Haut et s'approchant.*) Mademoiselle !..

DELPHINE.

Monsieur...

PAUL.

En vous voyant quitter si précipitamment la salle de bal, j'ai craint un instant que vous ne fussiez indisposée.

DELPHINE.

Nullement... Mais je me sentais un peu fatiguée... Et cela se conçoit, après un voyage comme celui que je viens de faire.

PAUL.

J'ai à vous demander pardon, mademoiselle, de l'émotion que j'ai éprouvée tout-à-l'heure... pendant la contredanse... et qui ne vous a pas échappé peut-être.

DELPHINE.

En effet, j'ai cru remarquer un air de surprise.

PAUL.

Que vous trouverez bien naturel lorsque je vous aurai dit qu'en vous entendant, moi qui vous voyais pour la première fois, j'ai cru reconnaître...

DELPHINE.

Qui donc ?... une parente sans doute.

PAUL.

C'est cela... oui... Mademoiselle... une parente... une sœur... que j'aimais... que j'aimerai toute ma vie...

Air de *Thérèse la blonde.*

Vous ne pouvez comprendre
Le trouble de mon cœur,
Mais parlez pour me rendre
Ma séduisante erreur.
Dans mon âme attendrie
Je gardais un espoir,
Le rêve de ma vie
Était de la revoir.
Pardonnez, je vous prie,
En vous j'ai cru la voir.
Je dois vivre pour elle !
Son souvenir fidèle
Dans mon cœur restera.
Oui, toujours, oui, toujours, il est là.

ENSEMBLE.

Je dois vivre pour elle.

DELPHINE.

Il doit vivre pour elle.
Son souvenir fidèle
Dans son cœur restera.
Oui, toujours il est là.

DELPHINE, *émue.*

C'est bizarre... mais cela s'explique facilement... il suffit, sous le masque... d'une simple ressemblance dans la voix...

PAUL.

Eh bien !.. non... c'est impossible... ce n'est pas une ressemblance seulement... c'est bien la même voix... la même taille...

DELPHINE [*].

Monsieur...

PAUL.

Oui... maintenant que je vous entends loin du bruit de la foule... maintenant que mes yeux peuvent se fixer sur ces traits que vous cherchez encore à me cacher... Je ne doute plus... Delphine...

DELPHINE, *d'un ton railleur.*

Ah ! elle s'appelle Delphine...

PAUL.

Vous voulez rire à mes dépens, abuser de votre position pour me tromper...

DELPHINE.

Moi...

PAUL.

Mais c'est inutile... Tout vous trahit... votre persistance à rester masquée quand il vous serait si facile de me convaincre... cette main qui tremble... ce trouble que vous ne pouvez maîtriser... Et que m'importe ce masque derrière lequel vous vous abritez... je vois à travers... je vous reconnais... Oh ! oui ! Delphine ! c'est vous... c'est bien vous... (*Delphine va sans rien dire s'asseoir devant le piano.*) Ce calme... cette indifférence... me serais-je trompé ?.. (*Elle prélude sur le piano ; la regardant tristement.*) Ce n'est pas elle...

DELPHINE, *s'arrêtant.*

Êtes-vous musicien, Monsieur...

PAUL.

Non, Mademoiselle...

DELPHINE.

Oh ! c'est fâcheux !.. nous aurions pu de temps en temps faire de la musique ensemble... Je croyais qu'autrefois...

PAUL.

Oui, autrefois en effet, je m'occupais un peu... Mais comment le savez-vous ?

DELPHINE, *à part.*

Oh ! (*Avec embarras*) C'est Héloïse qui me l'a dit...

PAUL.

Héloïse !.. Oh ! non... non... n'espérez pas me tromper plus longtemps... vous vous êtes trahie. Pourquoi vous faire un jeu de mon tourment ?... Delphine, quand je te retrouve après trois années de tristesse... quand je te reconnais... (*A dater de ces mots, Delphine recommence à jouer. — Paul se trouble, sa voix tremble et il finit par tomber tristement sur un fauteuil.*) Car je te reconnais.. Oh ! oui, maintenant je ne doute plus, je ne... cette voix... non... non... ce n'est pas elle !..

DELPHINE, *chantant.*

Air de *Ne touchez pas à la Reine.*

Pauvre fille, autrefois,
Il fallait bien te taire,

[*] Paul, Delphine.

Mais quel mystère
Changèa ta voix?
Ecoutez maintenant
Comme elle est douce et tendre.
On veut entendre
Son joyeux chant.
Tra, la, la, la, la.
On l'admire,
Chacun de dire :
Est-ce un ange? est-ce un démon?
Non, non, non, non.
Tra, la, la, la, la.

PAUL.

Pauvre Delphine ! et moi qui avais cru...

DELPHINE *continue de chanter ; quand elle a fini,
elle aperçoit Paul absorbé dans sa méditation.*)
Eh bien ! Monsieur, que faites-vous donc là ?

PAUL.

Oh ! pardon, pardon, Mademoiselle.

SCENE X.

LES PRÉCÉDENTS, GERBAUT[*].

GERBAUT.

Te voilà... Ah ! tu es gentil... Je te cherche depuis un quart d'heure...

PAUL.

Qu'est-ce donc ?

DELPHINE, *à part.*

Il arrive à temps !

GERBAUT.

Tu invites Héloïse pour la première mazourka, et tu l'oublies... Elle est furieuse...

PAUL.

En effet... j'étais ici... je causais avec Mademoiselle..

GERBAUT.

Ah!... avec ma cousine...

PAUL.

Ta cousine ! Es-tu bien sûr que ce soit ta cousine ?

GERBAUT.

Qui veux-tu donc que ce soit?.. Comment la trouves-tu ?

PAUL.

Oh ! mon ami... adorable.

GERBAUT, *à part.*

Quel feu !.. le gaillard..

PAUL.

Un esprit... des talents...

GERBAUT, *à part.*

Est-ce qu'il en tiendrait déjà... (*Haut.*) Voyons, va donc rejoindre Héloïse... Elle s'impatiente...

ENSEMBLE.

Air de *Sultana.*

PAUL.

Oui, je retourne au bal,
Car j'entends le signal.

[*] Paul, Gerbaut, Delphine.

Bientôt ici l'amour
Me verra de retour !
Est-ce donc une erreur ?
Pourtant au fond du cœur
Je renais en ce jour
A l'espoir, à l'amour.

DELPHINE.

Oui, retournez au bal,
Car j'entends le signal.
Mais que bientôt l'amour
Vous voie de retour
Ce n'est pas une erreur,
J'ai retrouvé son cœur.
Je renais en ce jour
A l'espoir, à l'amour.

GERBAUT.

Retourne donc au bal,
Car j'entends le signal.
Plus tard ici l'amour
Te verra de retour.
Ce n'est pas une erreur,
Déjà son faible cœur
Se sent pris en ce jour
Par un nouvel amour.

(*Paul sort.*)

SCENE XI.

DELPHINE, GERBAUT.

GERBAUT, *à part.*

Tiens... tiens... tiens... si je pouvais... un millionnaire... ce ne serait déjà pas un si mauvais parti... (*S'approchant de Delphine, qui est assise sur le divan, à gauche ; haut.*) Eh bien , cousine, ne quitterez-vous pas enfin ce terrible masque ?

DELPHINE.

Tout à l'heure... à minuit... puisque c'est convenu...

GERBAUT.

C'est juste... Et que dites-vous de mon bal ?

DELPHINE.

Mais il est fort brillant..

GERBAUT.

N'est-ce pas ? Des femmes charmantes... et des hommes... l'élite de notre société... des avocats, des avoués , des millionnaires... Ceux-là , par exemple, sont en minorité... Cependant il s'en trouve encore... même en république... témoin celui qui était là, près de vous, tout à l'heure...

DELPHINE.

M. Paul de Renneville...

GERBAUT, *à part.*

Elle sait déjà son nom... très bien. (*Haut.*) Un cavalier charmant... n'est-ce pas?

DELPHINE.

Un peu triste... je crois.

GERBAUT.

Lui ? au contraire.

DELPHINE.

Sérieux... préoccupé... il s'en est excusé lui-même.

GERBAUT.

Quelque grande affaire à entreprendre, et qui l'absorbe... Quand on est riche comme lui...

DELPHINE.

Mais non... un souvenir... je crois. Il m'a parlé vaguement d'une femme...

GERBAUT, à part.

Oh! le maladroit... (Haut.) Oui, je sais...

DELPHINE.

Qu'il aime...

GERBAUT.

C'est-à dire .. (A part.) Arrangeons ça. (Haut.) Qu'il a aimée... Une amourette de jeune homme... une grisette...

DELPHINE.

Ah!.. et elle était jolie, sans doute.

GERBAUT.

Affreuse...

DELPHINE, se levant.

Oh!..

GERBAUT.

Jugez-en vous-même!...

Air du Partage des Richesses.

Elle avait une énorme bouche...
D'affreuses mains... un pied d'une longueur,
Son regard était un peu louche,
Et ses cheveux... d'une entière rougeur.

DELPHINE.

Vous me forcez à rire jusqu'aux larmes,
C'est son portrait?..

GERBAUT.

Fort exact... entre nous,
Elle n'avait pas un seul de ces charmes,
Qu'on trouve réunis en vous.

DELPHINE.

Ah! vous l'avez connue?

GERBAUT.

Beaucoup... (A part.) Elle est très jalouse... c'est de famille... (Haut.) D'ailleurs, tout est fini... il n'y pense plus...

DELPHINE.

Mais s'il la revoyait.

GERBAUT.

Impossible.

DELPHINE.

Pourquoi donc?

GERBAUT.

Elle est morte.

DELPHINE.

Morte!..

GERBAUT.

Oh! mon Dieu, oui... d'une maladie très fréquente à Paris... chez les grisettes... d'une indigestion de galette.

DELPHINE, ôtant son masque.

En êtes-vous bien sûr, mon cousin?..

GERBAUT.

Très sûr, ma cous... (La reconnaissant!) Est-ce possible?.. Delphine !..

DELPHINE.

Qui se porte à merveille... malgré son indigestion... Ah! Monsieur Gerbaut!..

GERBAUT.

Mais ce n'était donc pas ma cousine?..

DELPHINE.

J'avais pris sa place.

GERBAUT.

Et moi qui allais... qui allais...

DELPHINE.

Oui, vous alliez assez bien.

SCÈNE XII.

LES PRÉCÉDENTS, HÉLOÏSE [*].

GERBAUT.

Du moins si Héloïse m'avait prévenu... (A Héloïse.) Ah! pourquoi ne m'as-tu pas dit que Mademoiselle...

HÉLOÏSE.

Laisse-moi tranquille... j'ai bien le temps de te donner des explications... Ah! je l'ai joliment remis à sa place...

GERBAUT.

Qui?.. (A part.) Elle aura fait quelque boulette...

HÉLOÏSE.

Qui?.. parbleu! ma bête noire... ton grand escogriffe de procureur du roi... de la République.

GERBAUT.

Tu as eu des mots avec le Procureur de la République?.. Allons, bon...

HÉLOÏSE.

Pourquoi insultait-il Delphine!

DELPHINE.

Moi!

HÉLOÏSE.

Sans doute... Voici la chose. Je venais de pincer une mazourka avec Paul...

GERBAUT.

Pincer!.. dites donc danser une mazourka...

HÉLOÏSE.

Ah! tu m'ennuies... et nous nous étions arrêtés à l'embrasure d'une fenêtre pour attendre la reprise, lorsque tout près de moi, derrière la grande porte du salon... j'entends prononcer ton nom... C'était ce grand escogriffe de procureur qui parlait de toi...

GERBAUT.

Héloïse, dites M. de Grandval.

DELPHINE.

De Grandval!.. Mais je connais ce nom... C'était un avocat à Paris.

GERBAUT.

Oui... avant d'être nommé procureur ici.

DELPHINE:

C'est lui qui a plaidé contre moi... dans mon procès avec les héritiers de la baronne...

[*] Delphine, Héloïse, Gerbaut.

HÉLOÏSE.

Précisément... Il paraît qu'il t'a reconnue tout à l'heure, quand tu dansais avec Paul... ou du moins il a cru te reconnaître... Bref, il parlait de toi... « C'est une indignité, disait-il, de recevoir de pareilles gens... Ces créatures-là... quand on quitte Paris, on rompt avec elles... on leur donne quelques billets de banque... et tout est fini... »

DELPHINE.

Oh !

GERBAUT.

Héloïse...

HÉLOÏSE.

C'est l'escogriffe qui disait cela... Oh ! ma foi, à ces mots je n'ai pu me contenir... j'ai poussé la porte... et je lui ai dit que tu avais autant de droit que lui à venir ici...

GERBAUT.

Bien !

HÉLOÏSE.

Je lui parle alors de ce procès qui t'a enrichi... Sais-tu ce qu'il a le toupet de me répondre...

GERBAUT.

Héloïse... Héloïse...

HÉLOÏSE.

Non, laissez-moi parler...

DELPHINE.

Eh bien ! ce procès.

HÉLOÏSE.

Il me répond que ce procès... tu l'as perdu...

DELPHINE.

Perdu !

GERBAUT, à part.

De mieux en mieux !

HÉLOÏSE.

Que si tu es riche en effet, cet argent te vient d'ailleurs...

DELPHINE.

Oh ! mon Dieu !..

HÉLOÏSE.

Je me retiens d'abord, et je lui réponds honnêtement qu'il ne sait ce qu'il dit... Mais il insiste... et ajoute que si tu prétends avoir gagné ton procès, c'est afin de cacher l'origine de ta fortune...

GERBAUT.

Mais, Héloïse...

HÉLOÏSE.

Oh! là... j'ai éclaté... je l'ai appelé vieux blagueur... Paul alors est survenu... il a voulu le faire taire... ils se sont querellés... et... (Apercevant Delphine qui est tombée en pleurant sur le divan.) Ah ! mon Dieu !.. qu'a-t-elle donc ?.. Mais il ne sait ce qu'il dit...

DELPHINE.

Au contraire... demande plutôt à ton mari...

HÉLOÏSE.

Hein !..

DELPHINE.

Vous ne répondez pas, Monsieur Gerbaut... J'ai

tout compris. (Elle cache sa tête dans ses mains.)

HÉLOÏSE, à Gerbaut.

Comment... c'est donc vrai... (Gerbaut pendant toute cette fin de scène est resté immobile.)

SCENE XIII.

LES PRÉCÉDENTS, PAUL, HENRI *.

PAUL.

Delphine! ah! j'en étais sûr... mais qu'avez-vous, des larmes !..

HÉLOÏSE, à Henri.

Eh bien ! son duel...

HENRI.

Oh ! c'est arrangé ! (Bas à Paul.) Ils se battent demain matin...

DELPHINE.

Oh ! laissez-moi... je sais tout...

PAUL.

Que voulez-vous dire ?

DELPHINE.

Ce procès... cet argent...

PAUL.

Qui vous a dit ?.. (Il regarde Héloïse qui baisse la tête.) Pardonnez-moi... Delphine... Eh bien ! oui... je l'avoue... Au moment de me séparer de vous, je n'ai pu supporter la pensée de vous laisser seule, sans appui, sans ressources... vous étiez ruinée... votre délicatesse vous avait fait refuser ce que je croyais pouvoir vous offrir... je n'ai pas réfléchi...

DELPHINE.

Et vous m'avez perdue...

PAUL.

La misère m'effrayait pour vous...

DELPHINE.

La misère... et que m'importait ? La misère du moins n'est pas la honte. Qu'avais-je besoin de fortune .. pour vivre, mais j'aurais travaillé... je n'aurais été qu'une simple ouvrière... mais on m'eût pardonnée... Au lieu de cela, qu'avez-vous fait de moi ?.. que suis-je aujourd'hui ?..

PAUL.

Oh! pardonnez-moi, Delphine...

DELPHINE.

Si je pouvais vous rendre cette fortune, mais, non, je n'ai pas même cette consolation... Car, mes amis, il faut que vous sachiez tout maintenant...

HÉLOÏSE.

Quoi donc ?

PAUL.

Oh! parlez, je vous en prie.

DELPHINE.

Cette fortune que je croyais la mienne, je l'ai consacrée à payer des maîtres... Ces trois années qui viennent de s'écouler, je les ai passées dans

* Delphine, Paul, Héloïse, Henri, Gerbaut.

la solitude... à m'instruire... à acquérir cette éducation qui me manquait... ces arts d'agrément qui, tout-à-l'heure encore... (*Montrant le piano.*) A cette place... vous charmaient en dissipant vos soupçons *.

PAUL.

Oh! c'est vrai!

HÉLOISE.

Le fait est qu'il ne te manque plus rien... à t'entendre, on te prendrait aujourd'hui pour une femme de la haute...

GERBAUT.

Héloïse!.. taisez-vous.

DELPHINE.

Je considérais comme devant être le jour le plus heureux de ma vie, celui où je viendrais vous dire : Une distance considérable nous séparait autrefois... elle n'existe plus... Et pas du tout... ce jour n'est que celui de ma honte... Pendant que je m'élevais, vous m'avez avilie... oh! qu'avez-vous fait?.. qu'avez-vous fait?..

PAUL.

Delphine!.. Oh! cache tes larmes... on peut venir.

DELPHINE.

Oh! laissez-moi fuir... je ne veux pas entendre leurs affreuses paroles...

PAUL.

Je saurai les faire taire.

DELPHINE.

De nouvelles provocations... un duel.

PAUL.

Oh! ne craignez rien.

DELPHINE.

Mais ce duel...

PAUL.

N'aura pas de suite, croyez-le bien. M. de Grandval est un homme d'honneur, et il n'hésitera pas à rétracter les paroles qui ont amené notre querelle, lorsque je lui dirai que la personne qu'il s'étonnait de voir dans ces salons, et dont j'ai pris la défense, est ma femme...

* Henri, Paul, Delphine, Héloïse, Gerbaut.

TOUS.

Sa femme!

DELPHINE.

Moi...

PAUL, *la prenant dans ses bras.*

Oui, Delphine... comme tu l'as dit : Une distance considérable nous séparait autrefois... elle n'existe plus aujourd'hui...

Air de *Votre bonté généreuse.*

Va, ne crains pas que le monde sévère,
Par ses propos trouble un jour ton bonheur.
Pour t'annoblir n'as-tu pas ta misère,
Et ces trois ans de lutte et de douleur.
Tes sentiments valent bien la richesse.
A tous les yeux tu peux t'en faire honneur,
Ce sont aussi des titres de noblesse,
D'une noblesse inscrite au fond du cœur.
Oui, ta noblesse est au fond de ton cœur.

DELPHINE.

Oh! que je suis heureuse!..

HÉLOÏSE.

Et moi aussi. (*A Gerbaut.*) C'est joliment bien ce qu'elle a fait là... s'instruire... prendre des maîtres... Tiens, il faudra que j'en prenne aussi...

GERBAUT.

Je les paierai volontiers. (*A part.*) D'autant plus qu'ils gagneront bien leur argent.

ENSEMBLE.

(*Tyrolienne du deuxième acte.*)

Plus d'ennui, de douleur,
Son âme est heureuse
    Et joyeuse.
En ce jour pour son cœur
Revient le bonheur!

DELPHINE, *au public.*

En ces doux instants,
Par quelques talents,
Quand j'ai séduit et soumis
    Des cœurs amis,
    J'espérais aussi
    Vous séduire ici.
Messieurs, ai-je réussi?

REPRISE DE L'ENSEMBLE.

FIN.

LAGNY. — Imprimerie de GIROUX et VIALAT.

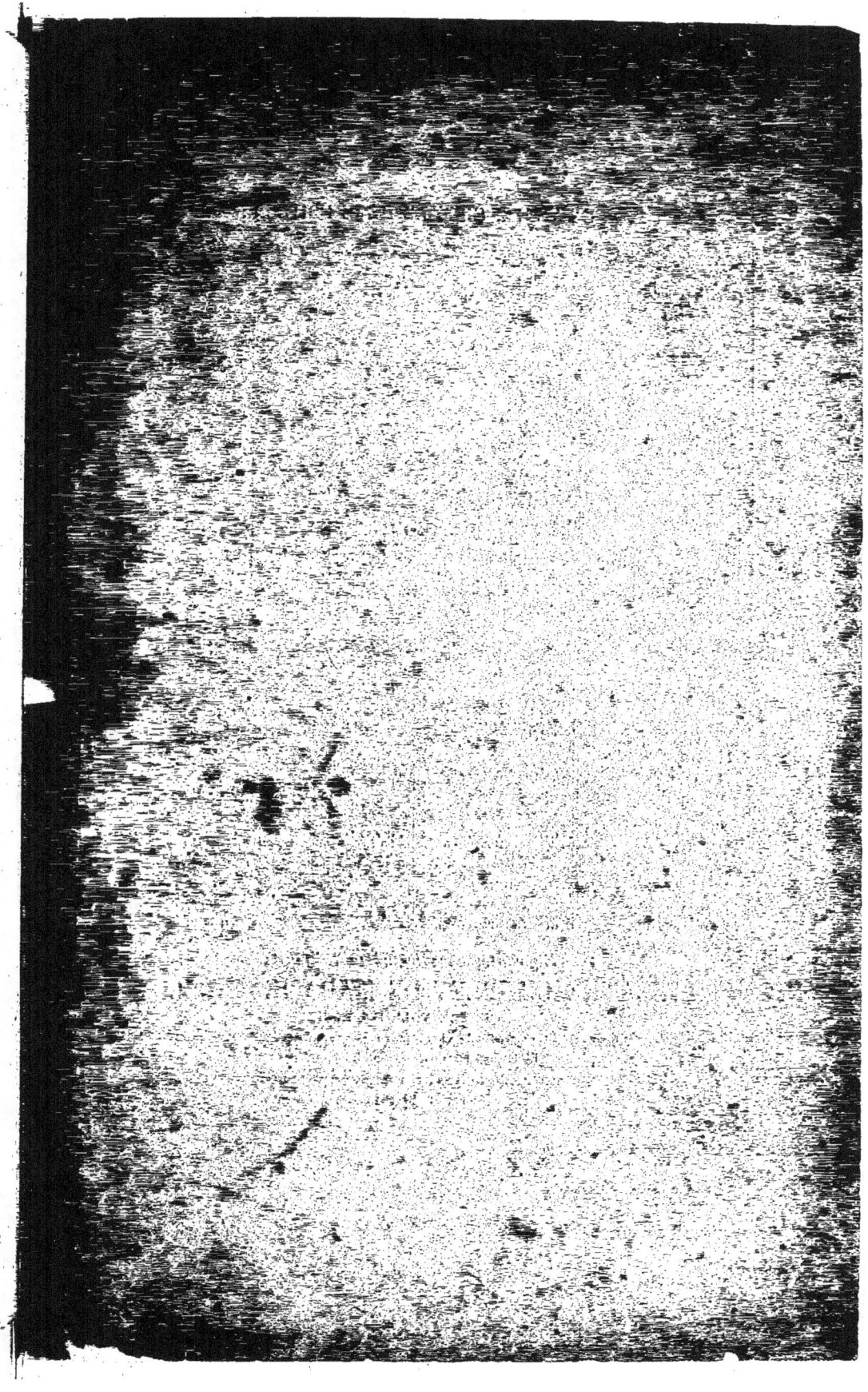

En vente, chez le même Éditeur

THÉÂTRE COMPLET DE MADAME ANCELOT

QUATRE VOLUMES

Superbe édition ornée de vingt gravures sur bois par ...

Et de vingt têtes d'expression lithographiées

LES DESSINS SONT DE MADAME ANCELOT

PRIX : 20 FRANCS

www.ingramcontent.com/pod-product-compliance
Lightning Source LLC
Chambersburg PA
CBHW060902180626
46818CB00004B/1816